Tucholsky Wagner Zola Scott Sydow Freud Schlegel
Turgenev Wallace Fonatne
Twain Walther von der Vogelweide Fouqué Friedrich II. von Preußen
Weber Freiligrath Frey
Fechner Fichte Weiße Rose von Fallersleben Kant Ernst Richthofen Frommel
Engels Fielding Hölderlin
Fehrs Faber Flaubert Eichendorff Tacitus Dumas
Maximilian I. von Habsburg Fock Eliasberg Zweig Ebner Eschenbach
Feuerbach Ewald Eliot Vergil
Goethe Elisabeth von Österreich London
Mendelssohn Balzac Shakespeare Dostojewski Ganghofer
Trackl Lichtenberg Rathenau Doyle Gjellerup
Mommsen Stevenson Tolstoi Hambruch
Thoma Lenz Hanrieder Droste-Hülshoff
Dach Verne von Arnim Hägele Hauff Humboldt
Reuter Rousseau Hagen Hauptmann
Karrillon Garschin Gautier
Damaschke Defoe Hebbel Baudelaire
Descartes
Wolfram von Eschenbach Dickens Schopenhauer Hegel Kussmaul Herder
Bronner Darwin Melville Grimm Jerome Rilke George
Campe Horváth Aristoteles Bebel Proust
Bismarck Vigny Barlach Voltaire Federer Herodot
Gengenbach Heine
Storm Casanova Tersteegen Gilm Grillparzer Georgy
Chamberlain Lessing Langbein Gryphius
Brentano Lafontaine
Strachwitz Claudius Schiller Kralik Iffland Sokrates
Katharina II. von Rußland Bellamy Schilling
Gerstäcker Raabe Gibbon Tschechow
Löns Hesse Hoffmann Gogol Wilde Gleim Vulpius
Luther Heym Hofmannsthal Klee Hölty Morgenstern Goedicke
Roth Heyse Klopstock Kleist
Luxemburg Puschkin Homer Mörike
La Roche Horaz Musil
Machiavelli Kierkegaard Kraft Kraus
Navarra Aurel Musset Lamprecht Kind Moltke
Nestroy Marie de France Kirchhoff Hugo
Laotse Ipsen Liebknecht
Nietzsche Nansen
Marx Lassalle Gorki Klett Leibniz Ringelnatz
von Ossietzky May
vom Stein Lawrence Irving
Petalozzi Knigge
Platon Pückler Michelangelo Kock Kafka
Sachs Poe Liebermann Korolenko
de Sade Praetorius Mistral Zetkin

Der Verlag tredition aus Hamburg veröffentlicht in der Reihe **TREDITION CLASSICS** Werke aus mehr als zwei Jahrtausenden. Diese waren zu einem Großteil vergriffen oder nur noch antiquarisch erhältlich.

Symbolfigur für **TREDITION CLASSICS** ist Johannes Gutenberg (1400 — 1468), der Erfinder des Buchdrucks mit Metalllettern und der Druckerpresse.

Mit der Buchreihe **TREDITION CLASSICS** verfolgt tredition das Ziel, tausende Klassiker der Weltliteratur verschiedener Sprachen wieder als gedruckte Bücher aufzulegen – und das weltweit!

Die Buchreihe dient zur Bewahrung der Literatur und Förderung der Kultur. Sie trägt so dazu bei, dass viele tausend Werke nicht in Vergessenheit geraten.

Jä gäll, so geit's!

E luschtigi Gschicht us truuriger Zyt

Rudolf von Tavel

Impressum

Autor: Rudolf von Tavel

Umschlagkonzept: toepferschumann, Berlin

Verlag: tredition GmbH, Hamburg
ISBN: 978-3-8424-1453-2
Printed in Germany

Rechtlicher Hinweis:
Alle Werke sind nach unserem besten Wissen gemeinfrei und unterliegen damit nicht mehr dem Urheberrecht.

Ziel der TREDITION CLASSICS ist es, tausende deutsch- und fremdsprachige Klassiker wieder in Buchform verfügbar zu machen. Die Werke wurden eingescannt und digitalisiert. Dadurch können etwaige Fehler nicht komplett ausgeschlossen werden. Unsere Kooperationspartner und wir von tredition versuchen, die Werke bestmöglich zu bearbeiten. Sollten Sie trotzdem einen Fehler finden, bitten wir diesen zu entschuldigen. Die Rechtschreibung der Originalausgabe wurde unverändert übernommen. Daher können sich hinsichtlich der Schreibweise Widersprüche zu der heutigen Rechtschreibung ergeben.

Text der Originalausgabe

Jä gäll, so geit's!

E luschtigi Gschicht us truuriger Zyt

von

Rudolf von Tavel

Zweite Auflage
Bern
Verlag von A. Francke (vorm. Schmid & Francke)
1902.

Jitz loset, göb daß ig afah erzelle, mueß ig ech no öppis säge. Dir findet villicht, das syg e kuriosi Idee, us truuriger Zyt welle-n-e luschtigi Gschicht z'erzelle. Ja frylech, es wär allwäg weniger kurios, wenn i wett us luschtige Tage-n-e truurigi Gschicht erzelle. Aber lueget, es git Truurigs gnue i der Wält, und i ghöre lieber zu dene, wo no i de truurige Zytlöufte-n-öppis Heiters gseh. Und wär wett mer's usrede, daß es o i de böschte Momänte no luschtigi Sache git? – Heit nid Chummer, daß i öppe wett reschpäktlos vo der Vergangeheit oder vo üsne-n-Altvordere rede, nei, bhüetis nei. Si sy mer sälber viel z'lieb, und i schätze, was si-n-is erschtritte hei.

1.
D'Jumpfer Elisabeth chüschtet d'Rägetröpf und vergißt,
daß d'Lilabüsch im Winter keini Bletter hei.

Obehär Bälp, am Fueß vom Längebärg, isch e schöni Campagne, ds Oberried. Die het i de letschte Jahre vor em Übergang amene Herr Vilbrecht ghört, und dä het mit syr Frou und syr Tochter dert der Summer zuebracht, und im Winter sy si de albe-n-i d'Schtadt züglet, a Chornhusplatz. Er het dert o-n-es Hus gha, vis-à-vis vo »Pfischtere«. Der Herr Vilbrecht isch geng gärn i sym Oberried usse gsi, und drum het er albe-n-im Früelig schier nid chönne warte, für use z' zügle. Chuum isch der Schnee furt gsi, su hets gheiße: »Frou, du söttisch im Oberried la fäge, su chönne mer mit dem erschte Sunneschyn use.« Und göb was di gueti Frou het möge-n-etgäge ha, 's syg no z' chalt, me müeßti no heize, 's chönnt Rhümatisme gä und so wyters; s' het ne-n-eifach nümme gha. Si het ne richtig gkennt und het gwüßt, daß es nit viel mit ihm het möge verlyde. Drum het si lieber bi Zyte nah gä und ihm der Wille tha. »Weiß Gott«, het si einisch zu nere Fründi gseit, »i gloub, er gieng mer ungfägt use, wenn's es paar schöni Tage gäb, und das wett i de doch nid. Dänket o!«

Was weit der; im Früelig vergißt e Husfrou ender ds Schpys-Gott-Bätte-n-als e-n-Ufruumete. So het's halt d'Frou Vilbrecht o gha.

Anno sibezähundertsibenenünzgi, wo's z' Oschtere-n-es paar Tag hinderenandere warm gsi isch, het emel üse Herr Vilbrecht wider Längizyti übercho i der Schtadt, und es het müeße züglet sy. Aber chuum isch d'Fägete vorby gsi, so isch schtrubs Wätter cho, und am Zügeltag het's pärse obe-n-abe brätschet, daß ds Herr Vilbrechts wöhler gsi wäre mit nere-n-Arche Noah als mit mene Leiterwage, wenn scho-n-e Blache druf gsi isch. – Dennzumale het me-n-äbe no nit Zügelwäge gha wie Hüser. Aber me het o weniger Sache-n-umenandere gschleipft und derfür hei's d'Möbel de o länger gha.

Item, es isch halt Aprilwätter gsi, wie öppe-n-alli Jahr. Me het sech mit Kaminfüür ghulfe, und wenn's Ein' am Abe tschuderet het, bim i z'Bett-Schlüüfe, su het me chly gleitiger gmacht als sünscht und het sech toll ygmummelet.

Si sy dänk öppe-n-acht Tag afange dusse gsi, su isch einisch der Papa Vilbrecht ga Bärn yne, und die Froue sy alleini gsi. D'Frou het geng no meh oder minder z' thüe gha mit Bovle-n-und Rangiere und het nit wyter uf ihres Töchterli gluegt. Ds Elisabeth oder Bethli, wie-n-ihm der Papa gseit het, isch tuusigs es hübsches Meitschi gsi, aber es capriziöses Chröttli. Das hei di junge Herre z' Bärn ganz guet gwüßt; aber deßwäge, hei si-n-ihm, oder villicht grad deßwäge, nit minder der Hof gmacht. Und ds Bethli het gar verwändt guet gwüßt, se-n-am Bändel ume z'füehre.

E nu, a däm sälbe Namittag isch es e chly voruse. Es het am Morge grägnet gha, und ds Grien isch no e chly naß gsi. Vo de Böume het's tropfet. Und nah Härd het's gschmöckt, gar herrlech. Über e Längebärg yne het d'Sunne gschine-n-uf die hällgrüene Chnöpf a de Böum, und 's het Eim dunkt, mi gsei's nume so wachse.

Jitz, was macht üses Bethli? Es het eigetlech welle ga blüemele. Viel isch zwar no nit davorne gsi; da und dert imene bosquet hei d'Anemone-n-usem Schatte füre güggelet, und de Züüne na het me d'Veieli gschmöckt. Ds Bethli isch dür d'Allee ab träppelet und het hinder d'Böum gluegt, und vo Zyt zu Zyt isch ihm e große Tropf vo mene-n-Eschtli ufe-n-Äcke-n-abe gfalle. Z'erscht het's nüt da druf g'achtet. Aber wo-n-ihm du so ne chalte Läcker über e ganze Rügge-n-abe gloffe-n-isch, het's doch du ds Näsi ufgha und i d'Böum ufe gluegt. Du chunt's ihn's du a, es well luege, was die Rägetröpf eigetlech für ne Chuscht heige. Und richtig, i allem Wyterträppele streckt üses Bethli sy Zunge-n-use, für d'Tröpf ufz'fasse. Aber si sy-n-ihm geng dernäbe gfalle. S'isch guet, het ihn's Niemer gseh däwäg. D'Mama würd' ihm e schöni Lätzge gä ha über d'Maniere. – Aber was wott me, der Möntsch isch ohni Maniere-n-eigetlech am wöhlschte.

Undereinisch, wo ds Bethli am wenigschte dänkt het, daß öpper umewäg sy chönnti, ghört es hinder sech im Grien loufe. Es schießt zsäme, chehrt sech um und gseht – dir chönnet ech kei Begriff mache, wie das arm Gschöpfli rot worde-n-isch – e junge Herr dür d'Allee yne cho. Und er isch scho ganz nach gsi und mueß es gseh

8

ha, wie ds Bethli d'Zunge-n-usegschtreckt het. Es het ganz guet gseh, wie-n-er ds Lache verha het.

Höflech isch er uf ihn's zue cho, het sy große, ugattleche Näbelschpalter abzoge-n-und gseit: »Bonsoir, Jumpfer Vilbrecht, isch ächt der Herr Papa daheime?« – »Nei, er isch i d'Schtadt,« seit ds Bethli puckt. Es het sech halt geniert, und es het ihns g'ergeret, daß dä Herr ihns e so überrascht het. »Dir wüsset nid öppe, öb er bald ume chunt?« – »Nei.« – »Dörft i ächt nid e Momänt warte?« – »E warum nid?« – »Aber i möcht Ech nid geniere.« – »Dir genieret is nüt, weit Der yne cho?« – Wo ds Bethli das gseit het, isch es no einisch güggelrot worde; aber er het's du nid so g'achtet, wil es vor ihm här dem Hus zue gange-n-isch. Es het ne-n-i ds chlyne Salon gfüehrt, wo-n-e Glastüre gäge Garte gha het und es Fänschter gäge Hof. »Weit Der so guet sy und Platz näh?« seit's, und göb daß er öppis het chönne-n-antworte, isch es use-n-etwütscht und het d'Türe schön hinder sech zue ta. Eigetlech wär es no so gärn by-n-ihm blibe, vowäge-n-er isch e prächtige Kärli gsi, groß und schtattlech, und Farbe het er gha wie Milch und Bluet und glänzigi, liebi Ouge. Ds Bethli isch aber nit öppe zur Mama gange, ga säge, es syg e Visite da.

Der Gascht – es isch e Herr Landorfer vom Schteinibach gsi – isch im Sääli langsam umetrappet und het gluegt, was a de Wände hanget. Das Sääli isch no na der alte Mode möbliert gsi und nid, wie's öppe hüttigstags a de meischte-n-Orte-n-isch, mit Möbel und Sache gfüllt, daß me sech nit zwöi mal drinne cha chehre, oder me heig mit dem Chuttefäcke zum Wenigschte-n-es Meißener-Vaseli umgworfe-n-und mit dem Ellboge zwöi Bronce-Döggeli abegwüscht. Aber nätt und heimelig isch es einewäg gsi. A de Wände sy-n-es paar Ölportraits ghanget und dernäbe zwe alti Chupferschtiche – änglischi Roß i abgschabete Guldrahme-n-und druffe d'Visitecharte vo-n-es paar wohlhabende Fliege. Di Roß het der Herr Landorfer lang, lang agschtuunet, und doch isch er apparti e kei Rösseler gsi. Nachhär isch er lang vor em Chachelofe blybe schtah und het di schröckleche blaue Doggeli und Landschäftli agluegt, wo uf jeder Chachle sy gmalet gsi, und doch het er mit dem beschte Wille nüt Schöns chönne finde-n-a dene Hafnergmälde. He nu, i gloub, wenn me ne gfragt hätti, was er da gseji, er hätt's gwüß nid chönne säge. I Gedanke het er äbe ganz öppis anders gseh – ds Bethli. Das het ihm zthüe gä. Nid daß er's hütt zum erschte mal gseh hätti, bewahr nei; er het's scho mängisch im Schtille bewunderet – aber äbe geng nume-n-im Schtille. Äs het allwäg no nüt dervo gmerkt gha, vo wäge der Ruedi Landorfer isch e schüüche Möntsch gsi und het bi de mondaine Lüte nie rächt zueche dörfe, und das het ne mängisch duuret. Wo-n-er du hütt i ds Oberried gange-n-isch, für mit dem Herr Vilbrecht ga z'rede wäge politische Sache, het's ne jedesmal e so um ds Härz gramüselet, wenn ihm z'Sinn cho isch, er chönnti de der Jumpfer Elisabeth begägne. Und richtig, wo-n-er du e so a se-n-a glosse-n-isch, isch's ihm grad gsi, wie wenn ihm öpper e Box i d'Mage-Gäget gä hätti. E chly gschpässig het er allwäg dry g'luegt.

Wo-n-er du im Sääli gwartet het, isch ihm du allergattig düre Chopf gange. Der bündig Bscheid vom Bethli het ihm e neue Schtupf gä und er het dänkt, für ihn syg allwäg da nid viel z'mache. Er isch rächt höhn und de wieder truurig worde, wenn er dra dänkt het, wie anderi jungi Herre, dene-n-är i mängem Punkt wyt über gsi isch, bi de Patriziertöchtere viel lieber gseh worde sy als är, bloß will si e chly besser hei gwüßt z'schwätze-n-und z'tanze-n-und z'chüderle. Ds Bethli isch juscht e so eis gsi, wo druf gluegt het, öb Eine-n-e chly sech wüssi z'chehre-n-und z'dräje-n-im Salon. Es het sech als Barettli-Tochter gschpürt wie keis Anders. Das het sech der Herr Landorfer jitz Alles wieder überleit. Und doch het er's nid welle-n-ufgä und het sech vo Zyt zu Zyt gseit: »Wart nume, Meitschi, du murbisch de villicht no.«

So het er nah-ti-nah di blaue Helgeli am Ofe düregmuschteret gha und isch zum Fänschter füre. Z'erscht het er dür d'Glastüre-n-i Garte gluegt, i di längi, schattigi Allee, und derby dänkt, es syg doch e schöne Landsitz da und nume-n-es einzigs Chind i der Familie. Dermit sy syni Gedanke scho wieder uf ds Bethli cho, und, wie wenn er däm Gedanke wett wehre, chehrt er sech um und luegt dür ds andere Fänschter, und was gseht er? – Am Börtli obem Garte schteit ds Bethli hinder em Gschtrüpp und chehrt sech hurtig um und düßelet dür di blutte Lilabüsch dervo.

Ihm isch ds Bluet wieder i Chopf gschosse, und er isch e Schritt hindere-n-Umhang. Aber gseh het er's doch scho, wie dem Bethli d'Backe rot worde sy. – »Am Änd bi-n-i doch nid ganz e so dumm dranne, wie-n-i gmeint ha,« seit er i Gedanke zue sech und wott wieder düre-n-Umhang güggele. Da geit d'Türe-n-uf, und yne chunt der Ratsherr Vilbrecht, e schöne, eltere Herr, und seit: «Bonsoir, mon cher Rodolphe........»

Es het gfyschteret, und dem Ratsherr sy Visite-n-isch scho lang furt gsi. I der Äßschtube-n-isch uf em Tisch, mitts zwüsche blau blüemelete Täller und Tasse-n-e währschafti Öllampe gschtande-n- und het müetterlech, heimelig uf e bruune Tisch abe gschine. A der einte Syte vom Tisch isch d'Frou Ratsherri gsässe-n-und het amene shawle ghäägglet. Linggs vonere het uf der servante der Theechessel gsühnet und gsuret und rächts näbe sech het si es höchbeinigs Arbeitschörbli gha, i däm sech langsam, Ruck um Ruck, ds wullig Chlungeli dräit het.

Ohni vo der Arbeit ufz'luege, seit namene Chehrli d'Mama: »Mimi, gang rüef dem Papa, ds Züseli richtet gloub a.«

Ds Mimi – so het nämlech d'Frou Vilbrecht ihrem Töchterli gseit – isch im Fyschtere-n-am Fänschter gsässe-n-und het ds Büüßi uf der Schoos goumet. Es isch ufgschtande, het ds Büüßi a Bode gschtellt und isch use gange. Ds Büüßi het verschtuunet umegluegt und e grüüsleche Buggel gmacht. Nache-n-isch es gäge d'Frou Ratsherri zue, het mit em Chopf es paarmal a-n-es Schtuelbei gmüpft und isch der Frou am jupon umegschtriche. Si het sech desse nüt g'achtet und wyter ghäägglet.

Undereinisch chunt ds Züseli yne mit nere-n-Omelette-n-und brüelet: »E di wüeschti Chatz! Wotsch abe psch, psch!« D'Frou isch erchlüpft und luegt; aber ds Büüßi isch scho uf und dervo gsi. »Was het si gmacht?« – »He uf em Tisch ghocket isch si und het der Anke-n-abgschläcket, di Täsche.« – »Nei gwüß. Nimm ne-n-use-n-und tue ds Wüeschte-n-abschnyde.« Ds Züseli het der Anke gnoh und isch gange. D'Frou isch ufgschtande, het d'Arbeit und ds Chörbli uf d'Syte tha und het i der große gäle grecque der Café abrüiht.

Underdesse-n-isch ds Bethli zum Ratsherr ufe, het hübscheli d'Türe-n-uftha und dem Papa welle säge, ds Zabe syg de ufem Tisch. Aber er het ihm nit Zyt gla. Chuum het er's ghört yne cho, het er gseit: »I chume, i chume, i chume.« Und mit de Füeß het er gscharret, aber süscht e kei Wank tha, sondere nume descht gleitiger afah schrybe. Ds Bethli het das gkennt. »Ds Zabe-n-isch de ufem Tisch, Papa.« »I chume, i chume,« het er g'antwortet aber geng wyter gschribe, und sy großi Gänsfädere het ufem ruuche Papier gyxet und g'chrauet, me het schier nit dörfe lose.

Ds Bethli het gmerkt, daß es einschtwyle nüt cha usrichte und isch wieder abegange, i d'Äßschtube.»Wo blybt er o?« het d'Mama gfragt.»Er chaflet amene Brief,« antwortet ds Bethli.»Mimi!« D'Mama het es böses Gsicht gmacht, wil si's nid het chönne lyde, wenn ihres Töchterli e so grobi Redesarte gfüehrt het. Aber im Schtille het si doch ds Glyche-n-epfunde, wie ds Bethli. Der Ratsherr isch i der letschte Zyt geng z'schpät zu allne Mahlzyte cho, und das het se-n-afange glängwylet. Gäge-n-anderi Lüt isch er je länger descht pedantischer worde; nume bi sich sälber – so het es se dunkt – laj er gärn füfi la grad sy. Vor luter politisiere-n-und schtudiere-n-isch der Herr Vilbrecht syne Nächschte längwylig worde.

He nu, ändlech het ne der Hunger doch du o zueche tribe, und er het mit Appetit yghoue. Ds Gschpräch isch währed dem Zabe-n-emel o uf e Herr Landorfer cho, und der Ratsherr het gseit, es syg e scharmante junge Ma, dä Ruedi Landorfer.»Er lost emel o, was me seit.« – Ja, das isch dem Herr Vilbrecht schier ds Wichtigschte gsi, daß me-n-ihm glost het. Ds Bethli het nüt gseit.

Nam Zabe-n-isch me-n-i ds Salon gange. D'Froue hei g'arbeitet und der Papa het zu ihrem gheime Schräcke-n-es Buech vom Jean Jacques Rousseau greicht, und öb si hei welle lose-n-oder nid, het er ne vorgläse-n-und zwüsche-n-yne poletet und gredt, wie wenn er vor em große Rat schtüend. Er het sech nid gärn la underbräche, und drum isch der Abe mängisch vergange, ohni daß me-n-öpper anders het ghört Lut gä als der Herr Vilbrecht. Aber di Froue hei sech gwüßt z'hälfe. Si sy de albe bi Zyte-n-i ds Bett und, wenn dem Ratsherr niemer-meh glost het, su het er de o gschwige-n-und isch o i ds Bett gange.

Wo-n-ihm du hütt ds Bethli ds Guetnachtmüntschi uf syni blitzblank rasierte Backe git, seit er :»I mueß morn i d'Schtadt; wotsch mitcho?« Ds Bethli het sech nid lang bsunne.»Allwäg chume-n-i; no so gärn.« –»Aber mir sy de halt nid allei, weisch,« meint du der Papa no. –»Ja, wär chunt de no?« –»E bhüetis, erchlüpf nume nid, der Ruedi Landorfer.« –»Ach.« –»Eh was wett dir dä z'Leid thue?« –»Mira.« –»Gang rüef jitz no dem Köbi.«

12

D'Jumpfer Elisabeth isch der Gutschner ga rüefe-n-und het guet Nacht gseit.

»Köbi,« seit der Ratsherr, »du muesch morn am Morge-n-aschpanne ; i wott i d'Schtadt.« – »Rächt so, Herr Ratsherr, um weli Zyt?« – »Am halbi zächni; aber jitz söttisch no zu ds Herr Landorfers übere mit däm Brief.« Der Köbi isch gange.

Wo si du allei gsi sy, der Herr Vilbrecht und sy Frou, seit die: »Was isch jitz das o für ne Märit mit däm Ruedi Landorfer?« – »Afin,« antwortet der Ratsherr, es isch e scharmante Ma. Wenn mer ds Läbe hei, su wei mer über ds Jahr, bi der Burger-Bsatzig a ne dänke. Es lat sech öppis mache-n-us ihm.« Dermit het der Herr Vilbrecht ds Liecht gnoh und isch gäge sy Schlafschtube zue. »E scharmante Herr,« het me no einisch ghört us em fyschtere Gaug, und druuf het e Türe gschletzt, und es isch schtill blibe. »Afin,« het d'Frou Ratsherri halblut gseit, het ihri Arbeit dänne tha, und, wo der Köbi vom Schteinibach ume cho isch, het me niene meh Liecht gseh.

2.
Me fahrt ga Bärn, und d'Ratsherre wädele mit de Zöpf.

Z'morndrischt, scho bald nam déjeuner het's glütet, und der jung Herr Landorfer isch erschine. Währed der Ratsherr no i sy Schtube gange-n-isch, für sy Zopf und d'perruque-n-i d'Ornig z'thue, het d'Frou Vilbrecht ihrem Töchterli d'Kommissione-n-ufgä. Z'erscht het es sölle ga Brodierwulle choufe-n-am Wybermärit, und de ga Schulthessebrödli bschtelle bim Pfischter und no allerhand anderi Sache-n-und de z'letscht no zur Frou Houpmänni Tribolet ga ne Visite mache; si isch d'Gotte vom Elisabeth gsi.

Der Herr Landorfer het zueglost und dänkt, das guete Chind müeß no-n-es bravs Gedächtnis ha, für vo däm allem nüt z'vergässe.

Ändlech isch der Herr Vilbrecht abe cho, schön agleit mit mene bluemete gilet und mene subere jabot. D'Frou het ne mit mene gwüsse Wohlgfalle-n-agluegt – si het Freud gha, wenn er so tiré à quatre épingles erschine-n-isch. Der Köbi het agschpannet gha und isch mit dem char-à-banc vor d'Hustüre gfahre. Me het nid guet chönne chehre-n-im Hof, der Wage-n-isch gäge linggs ufgange, und drum het er dem Hus der Rügge gchehrt, so daß me drum-ume müeße het, für yz'schtyge. Di ganzi Gsellschaft isch im Gänslimarsch ume Wage-n-ume, und ds »Jeanetti« het verwunderet hindere gluegt, wo-n-es das Glöuf ghört het. Der Köbi het ds Schprützläder eväg gnoh, und ds Züseli het es chauffe-pieds yne ta. (Der Herr het gärn chalti Füeß übercho bim Fahre.) Du het me du ds Bethli ynegschoppet und ihm d'paniers vo sym Rock rangiert, und du seit der Ratsherr zum Herr Ruedi Landorfer «S'il vous plait». D'Jumpfer Elisabeth rütscht ganz i vordere-n-Egge, damit ere-n-emel ja der Fahrgascht nid öppe-n-uf ds jupon sitzi. Aber b'hüetis. Da het der Papa scho derfür gsorget. Kategorisch het er sym junge Fründ der Platz im hindere-n-Egge-n-agwise, und, wo-n-er drinne gsi isch, isch der Ratsherr uf ds Trittbrätt gschtande, het mit beide Hände hindere greckt, d'Chuttefäcke-n-use-n-anderezoge, sech umdräit und mit mene Süfzer sy schtattleche corpus mitts zwüsche di junge Lüt yne plaziert. »Eh, bien, nous voilà,« het er gseit. Der

Köbi het ufem Bock gschnaltzt und dem »Jeanetti« gä z'verschtah, daß es süferli gäge Bärn zue söll.

Schier zur glyche Schtund, wo der Ratsherr mit syne Lüte daheim abgfahre-n-isch, isch dür ds obere Tor z'Bärn e-n-andere char-à-banc usegfahre. Dert drinne sy zwe ehrwürdigi Herre gsässe, der eint e chlyne, magere, mit stächige-n-Ouge-n-und läbhaftem Usdruck, schier e chly närvös i de Bewegunge. Daß es e hableche Ma isch gsi, das het me-n-a syne Chleider gseh, a der schöne breloque, a de Fingerringe-n-und der prächtige, guldige Schnupfdrucke, wo-n-er flyßig bruucht het. Aber dernäbe – mueß me säge – het er e chly ghotschet usgseh. Ds jabot und ds gilet si voll Schnupf gsi und nid grad am süberschte. Aber tadellos isch sy Frisur gsi, sträng à la Louis XVI, und a de Maniere het me däm Herr agmerkt, daß er e fyni Schuel düregmacht het. Das isch der alt Herr Emanuel Landorfer vo der Schoßhalde gsi, e-n-Unggle vom Ruedi Landorfer. Sy Cumpan isch e Ma i de füfzge gsi, dick, bhäbig und fründlech. I sym Gsicht het e dicki Schtumpfnase thronet, und d'Ouge hei öppis schtobers gha, will er churzsichtig gsi isch. Aber i däm Gsicht isch nie kei Schatte-n-ufcho. Der Herr Wyß het geng fröhlech dry gluegt. I der Hand het er e grüüslechi lorgnette gha, so-n-es Ding wie ne-n-umgchehrti Schääri mit kreisrunde Gleser. Dir hättet eis glachet, wenn der dä gseh hättet, wie albe di dicki Nase zwüschem Gäbeli vo der lorgnette füregüggelet het.

Die beide Herre sy gueti Fründe gsi. Der Herr Wyß isch no Mitglied vom Große Rat gsi, der ander het nume no hinder de coulisses gschumpfe, aber de descht unverblüemter. Der Herr Wyß het albe sym Fründ müeße ga brichte, was so gange-n-isch i der Regierung, und de het er de mängisch zum Dank e schüzlechi Usfägete-n-erwütscht. Hätt's ne nid glächeret, so wär' er nümme so mängisch i d'Schoßhalde-n-use gange. He nu, am Abe vor däm Tag sy si emel o zsäme cho, und der Herr Wyß het gwüßt z'erzelle, daß der Herr Vilbrecht allerhand neui Idee-n-im Chopf heigi und der Meinung sygi, me sött a politischi Reforme dänke, damit nid a mene schöne Tag der neu Geischt über ds Volk grati und di alti Republik über e Hufe wärfi. Bhüetis, bhüetis, was het das für nes Lamento gä.»Das chunt nid guet,« het der Herr Landorfer gseit, dä donners Fädi wott mit dem Pflueg vo de Jakobiner z'Acher fahre, du wirsch de gseh, wie das chunt. Il faut que nous résistons à cette cochonnerie de toutes nos forces.«»Er meint's guet, er meint's gwüß guet,« het der Herr Wyß ygwändet, aber i förchte...«»Ja, ja, 's het scho mänge gmeint, er mach öppis gschyds und er gsej heiterer als anderi Lüt,« isch ihm der Herr Landorfer i ds Wort gfalle,»mais n'oubliez pas: mundus regitur dei providentia et hominum confusione. Nei my Liebe, no morn wei mer ga Bälp mit dem Fädi ga z'Bode schtelle.« Das hei si du beschlosse, und der Herr Landorfer het sy char-à-banc la aschpanne, het der Fründ Wyß greicht und isch mit ihm gäge ds Oberried use gfahre.

Underwägs het der Herr Wyß la verlute, der Herr Vilbrecht schtudieri flyßig der Jean Jacques Rousseau.»Äbe, da hei mer's, thät dä lieber de-n-erfahrene Lüte lose, als settigi sottises z'läse«, het der Herr Landorfer gfunde,»dä Rousseau isch e canaille.« Grad gar viel gredt hei si du nümme-n-uf der Fahrt.

Ihre char-à-banc isch o gäge linggs offe gsi, und drum hei si uf ds Chilchefäld übere gluegt und dem Weschte, us däm dennzumal alles Schlächte cho isch, getroscht der Rügge g'chehrt.

Der Herr Vilbrecht und syni Lütli hei de juscht gäge Weschte gluegt, und si sy no keini hundert Schritt vo daheime gsi, su het der Ratsherr afah schwadroniere-n-und polete-n-über d'Schtaatsverfassung.»Me cha mer säge, was me will, e fyne Chopf isch er halt doch, dä Rousseau.« Der Ruedi Landorfer und ds Bethli sy müüslischtill blibe, und der Herr Vilbrecht het sech g'freut ob der Andacht vo dene brave junge Lüt. Das het ne no encouragiert, und er het je länger descht yfriger afah schwadroniere. Mängisch het er längs Bitze der Zeigfinger vor syr Nase-n-ufpflanzet gha und mit de-n-Ouge gredi use glotzet, wi wenn er sy Wysheit am Gurte tät abläse. Aber wenn er öppe gmeint het, syni Begleiter lose-n-ihm so brav, su isch er übel brichtet gsi, vo wäge die hei ne la dampe-n-und dampe-n-und hei hinder sym Rügge Blicke gwächslet, Blicke – i säge-n-ech, we me die gseh het, su het me gwüßt, was es gschlage gha het. Bald isch ds einte rot worde, bald ds andere, und z'letscht hei beidi dänkt, es syg gschyder, der Papa dampi druflos, süsch hätte si beidi vor Verlägeheit nit gwüßt, was sech säge.

Z'mitts am Sandrainschtutz, wo der Papa grad zu-n-ere neue tirade-n-agsetzt het, etwütscht ihm sy tabatière-n-und fallt uf d'Schtraß.

»Sapperlot«, het er sech underbroche, «arrêtez, Köbi, j'ai perdu ma tabatière, ouvrez!» Währed der Ratsherr sy Schnupfdrucke-n-ufliest und mit dem Naselumpe-n-abwüscht, chunt richtig e charge-à-banc der Schtutz uf und fahrt hinder däm vom Herr Vilbrecht düre. I däm Ougeblick ghört me grad us däm Wage-n-es mörderlechs Gschimpf über e Jean Jacques Rousseau. Der Herr Vilbrecht het richtig uf der Schtell errate, wär es isch, het syni Lütli la sy und isch dem andere Wage nache gschprunge.»Naturellement, c'est toi«, het er i char-à-banc yne brüelet.»Das ha-n-i doch dänkt.«»Ah le voilà«, het's drus g'antwortet,»mer sy ufem Wäg zu dir, Fädi, ma foi, i mueß der cho der Chopf wäsche.« – »So? für was?« – Nid drü het me chönne zelle, so sy di beide Herre wie d'Güggle-n-ufenand gfahre; der Herr-Vilbrecht isch uf der Schtraß gschtande-n-und het i Wage-n-yne gschimpft, und der Herr Landorfer het usem char-à-banc use gwätteret. Der Herr Wyß isch dernäbe gsässe-n-und het glachet, daß es ihm sy dicke Buuch gschüttlet het. Dene beide Kampfhähne sy vor Ufregung d'Zöpf schier z'Bärg gschtande-n-und hei gwädelet, daß es e Freud isch gsi zuez'luege.

Underdesse-n-isch es im andere Wage ziemlech schtill zuegange, aber nid längwylig, und am Abe het der Köbi i der Chuchi zum Züsi gseit:»Züseli, i weiß öppis« und schlimmi Öugli derzue gmacht.

»Afin, my Liebe«, het der Herr Vilbrecht sym Gägner i Wage-n-yne brüelet,»mer lyde-n-am marasmus senectutis z'Bärn.«»Nei, Fädi«, het's use g'antwortet,»a Ghirnerweichung, Johann, fahr wyter!« Und die beide Herre, wo z'visite hei welle, sy wyter gfahre-n-über Bälp und d'Hunzikebrügg i d'Schoßhalde.

»Es wird sech zeige, wär necher a der Ghirnerweichung isch, mir oder si«, het der Herr Vilbrecht brummlet, e Pryse het er gnoh, isch ygschtige-n-und ga Bärn gfahre. Der sälb Tag isch nit guet meh gsi, Chirsi z'ässe mit ihm.

Vo denn eväg isch zwüsche der Schoßhalde-n-und dem Oberried meh oder weniger Chriegszueschtand gsi. Im Grund gnoh, wäre di beide Herre gar nid so wyt use-n-andere gsi i ihrne-n-Ansichte. Aber d'Opposition vom andere het e jede geng tiefer i syni Idee-n-yne tribe, und me het sech je länger, descht weniger meh welle verschtah. Di beide Herre sy no einisch i der Schtadt ufe-n-andere platzet und sy füfezwänzgmal di ganzi Chramgaßloube-n-ufe-n-und abe gloffe, und wenigschtes füfzigmal sy si blybe schtah und hei enandere-n-abrüelet, d'Schnupfdrucke sy läär worde, und di letschti Pryse hei si no brüederlech zsäme teilt; aber nachhär sy di diplomatische Beziehunge-n-abbroche worde.

Füre Ruedi Landorfer isch d'Situation gar nid liecht gsi. Uf der einte Syte het er müeße der Herr Vilbrecht warm bhalte, dä derzue bi der Amtsbsatzig no öppis het z'bedüte gha, und uf der andere Syte het er müeße Sorg ha zum Unggle Mäni, desse-n-einzige-n-Erbe-n-er het sölle wärde. Für dä jung Ma isch es vo großem Vorteil gsi, daß di beide Güggle nümme sy zsämecho. Begryfet, was söll me für nes Gsicht mache, wenn zwe enandere-n-i d'Haar fahre, me mueß derby schtah und möcht's mit keim verderbe? – Chöme si nid zsäme, so cha me hüt dem einte und morn dem andere ga däsele. – So het's der Ruedi Landorfer gmacht, und er het derby so-n-e-n-Art diplomatischi Schuelung übercho.

Zur glyche Zyt isch i der Regierung ungfähr ds glyche vor sech gange, i chly größerem Schtyl. Me het o zangget, öb me well dem Zug vo der Zyt nahgä oder sech hinderem alt Bewährte verschanze. Me het sech o je länger, descht weniger meh verschtande, und wo du der Find cho isch, so isch me leider nid eis gsi, und drum het's bi allem guete Wille müeße fähle.

Het der Ruedi Landorfer sech müeße wüsse z'hälfe zwüsche dene beide Herre, so het er o müeße sech z'sämenäh, für bi der Jumpfer Elisabeth geng i Gnade z'blybe. Es het frylech scho ygschlage gha bynere, und si hei's je länger, descht besser zsäme chönne. Nume het das Töchterli 's gar gärn gseh, wenn anderi Herre-n-ihm o schön ta hei. Si isch halt äbe-n-es Chröttli gsi, jung, läbig und luschtig und derby e chly lunnisch.

3.
Me schwänzt d'Predig und mueß doch dry.
Die junge Bärner thüe Byfall schwyge, und es arms Mannli git ne-n-e Lätzge.

Was Wunder, wenn under settige-n-Umschtände-n-üse Fründ schier jedem gsellschaftleche-n-Anlaß mit nere gwüsse-n-Urueh etgägegseh het? Bald het er müeße förchte, er grati zwüsche di beide Kampfhähne-n-yne, bald het er sech müeße wappne, für sech der Besitz vo sym Schatz z'sichere. So isch bald e kei Morge meh abroche, a däm nid irged es Wülkli däm plagte Ma der Himmel e chly trüebt hätti.

Es isch mittlerwyle höch Summer worde. Der Heuet isch übere gsi und d'Chornfälder sy gäl worde. Uf der Sunnsyte het me scho g'ärntet. Da chunt amene schöne Namittag der Houpme Lombach i Schteinibach use cho z'ryte, für sym Kamerad Ruedi cho z'säge, si heige-n-es pic-nic uf d'Bütschelegg verabredet und är wärdi pärse o erwartet derby. »Jä, wär chunt de da alles mit?« fragt der Ruedi. – »He wär öppe? Alles, was loufe cha.« Bald het er use g'chloubet gha, daß jedefalls ds Bethli o chömi. Der Ruedi het emel afange zuegseit und dänkt, me chönn de geng no luege. Verschproche het er sech einschtwyle no nid viel, vo wäge-n-i großer Gsellscheft isch's ihm nie rächt wohl gsi, will er nid gärn vor andere Lüte der Hof gmacht het, und doch het er bi der Gläheit under keine-n-Umschtände ds Fäld andere dörfe-n-überla. Grad juscht der Fritz Lombach isch e beliebte Gschpaßvogel gsi, wo eim gärn e Schtreich gschpielt het. Afin, mer wei luege«, het üse Fründ dänkt und het dem Houpme Lombach verschproche, er well sech de am Sunntig mit der Jumpfer Elisabeth aschließe. Das het ihm nämlech ds Beschte vo allem gschine, daß er mit sym Schatz het sölle-n-uf d'Gsellscheft vo Bärn warte. Nid fuul, isch er no am glyche Namittag zu ds Vilbrechts übere-n-und het d'Jumpfer Elisabeth yglade. Er het mitere-n-usgmacht, si welle de öppe-n-am sibni am Morge scho gäge-n-Änglischbärg ufe-n-und dert uf di andere passe. D'Frou Vilbrecht het gfunde «qu'il ne serait pas du tout nécessaire de partir de si bonne heure»; aber der Ratsherr und di beide Junge hei se gwüßt z'überzüge, daß das nüt z'früech sygi. Der Ratsherr het schlimmi

Ouge gmacht und uf de Schtockzänd glachet. Für dem Fründ Ruedi z'Hülf z'cho, het er syr Frou verschproche, er gang de mit bis gägen-Änglischbärg. Das het üse Ruedi nit verdrosse, vowäge-n-er het dänkt, är und ds Bethli chöme de scho e chly flingger der Bärg uf, als der Ratsherr.

Der jung Herr Landorfer het sech völlig müeße zsämenäh, keini Luftschprüng z'tue, wo-n-er hei gange-n-isch. D'Ussichte für e nächschte Sunntig hei-n-ihm jitz so günschtig g'schine, daß er alli Schwierigkeite für e Momänt drob vergässe het.

Der ander Tag isch er zu sym Unggle Mäni i d'Schoßhalde ga ne Visite mache-n-und isch, wie gwöhnlech, gar guet epfange worde. Si sy z'säme-n-im peristyle gsässe-n-und hei politisiert, und dem Unggle-n-isch je länger descht meh ds Härz ufgange-n-ob der Überyschtimmung vo de-n-Ansichte. Es syg doch nid ganz alles us mit dene junge Lüt, het er dänkt, und dem Ruedi het o ds Härz glachet ob der guete Luune vom Unggle.»Wenn i ne nume bis a sys sälig Änd e so warm bhalte chönnt«, het er unwillkürlech müeße dänke. Das isch zwar nid schön, wenn e so jungi Lüt geng nume-n-a ds sälig Änd vo de-n-eltere Verwandte dänke; aber was weit der? Das sy halt e so sündlechi Begierde, dene bsunderbar es Härz zuegänglech isch, i däm sech e Schatz ygnischtet het. I settige Zyte dänkt me gärn a di wyteri Zuekunft. Dem Ruedi Landorfer mueß me no apparti verzieh, wenn er a däm schöne Summermorge Zuekunftsmusik ghört het, vowäge-n-es isch bi'm Unggle Mäni gar e so yladend gsi. D'Sunne het warm uf ds pent-à-l'air gschine-n-und het dür d'Rose-guirlandes grälli Liechter i ds peristyle gworfe, wo i jedem Egge-n-e-n-étagère voll prächtigi geranium gschtande-n-isch. Uf em Schtägegländer gäge Garte sy blüejendi cactus und wyßgrändleti aloës gsi. Beji und papillons sy umegschwärmt, und ab und zue isch e dicke, schwarze Hummel a der Dili vom peristyle-n-ume gschtürmt, wie wenn er müeßt cho luege, öb der Jibser sy Sach rächt gmacht heig. Dusse-n-im Garte het der Schprützbrunne glychmäßig plätscheret, und wie Schtärnli sy d'Tröpfli us em Wejerli ufgumpet, uf di breite capucines-Bletter, wo mit hunderte vo rote, sametige Blueme-n-e dicke Chranz drum-ume gmacht hei. Keis Lüftli isch gange, und uf de Schpinnhuppele zwüsche de Roseschtöck sy no d'Toutröpfli wie Diamante ghanget. Im Hof hinderem Hus het der Gärtner Grien grächet, und albeneinisch het me vo der

Schüüre här es Huhn ghört gaggle; sünsch isch es e so schtill gsi, wie uf nere-n-Alp. Und das isch ds Hei gsi vomene-n-alte, versuurete Junggsell!»Nei, nei, wie schad«, hätti Jede müeße säge,»da ghört es nätts Froueli dry, fröhlichi, jungi Lüt.« Der Ruedi het scho lang nüt meh gseit, und währed der Unggle druuf los dampet het, het er i Garte-n-use gschtunnet. Ändlich dunkt's der alt Herr, sy neveu losi nümme rächt uf ihn, nimmt d'tabatière chrampfhaft i d'Hand und chlopfet dermit uf e Tisch, daß der Ruedi zwägschießt. «Est-ce que tu aimerais voir mes roses?» seit der Unggle-n-und schteit uf. «Eh oui, très volontiers, mon oncle», antwortet der Ruedi. Er isch froh gsi, syni Bei e chly z'schtrecke-n-und es paar Schritt z'tue. E Gang düre Garte het ihm Glägeheit botte, sech mit es paar schöne Komplimänte-n-über d'Rose bi'm Unggle no meh i Gnade z'setze. Vor mene Prachtexemplar gloire de Dijon blybt der Unggle Mäni schtah, nimmt e Haltung a, wie wenn er ds Modell für sy Schtatue wett adüte-n-und seit: «Voilà la pièce de résistance, as-tu jamais vu une pareille fleur?» Mit syr dünne, chnochige Hand het er di Rose vo unde sorgsam berüehrt und se-n-e chly glüplt. Der Ruedi het zu mene fyne Komplimänt usgholt und isch vor Reschpäkt e halbe Schritt z'rückgange; aber zu Wort isch er nid cho, vowäge-n-i däm Ougeblick het die wunderbari Rose-n-ihres Houpt gneigt und sech i ne Räge vo Bletter ufglöst, die dem Unggle-n-über die närvösi Hand abe gfalle sy. «Ah diantre», entfahrt's dem Unggle, – «sic transit gloria.....» «de Dijon», schnellt der Ruedi derzwüsche, verwunderet über sy eigeti Schlagsertigkeit. –»Ah famos – famos!« meint der Herr Landorfer, und der Ruedi het mit Wohlgefalle bemerkt, daß er mit sym bon-mot wieder umene halbe Schueh gschtige-n-isch. Dermit isch er aber o z'o-berscht uf der Leitere gsi, ohni no e-n-Ahnung dervo z'ha, wie gschwind me wieder abe chunt. Im Wyterträppele nämlech faht er a, dem Unggle z'erzelle, daß uf e künftige Sunntig es großes pic-nic projäktiert sygi. Er het nume nid Zyt gha, zsäge, was är de derby well, so blybt der Unggle schtah, dürbohret ne mit syne schtächige-n-Öugli, zieht d'Braue z'säme, daß es schier gschprätzlet het drinne, und seit mit mene chreftige Griff na Ruedis mittlischtem Giletchnopf:»Comment? – Dimanche prochain? – A huit heures déjà?« –»Mais pourquoi pas, mon oncle?« –»C'est inouï ça! – Et le sermon? – Est-ce un exemple pour les classes inférieures?« – »Mais une seule fois dans l'été! – Il faut pourtant profiter du beautemps«. – »Ah, mon neveu, j'espère que tu respecteras mieux les bonnes traditions de tes ancêtres et que tu ne prendras pas part à cette fête extravagante – hein?« Der Ruedi isch sech vorcho, wie ne Muus imene Schrubschtock. Es het ne dunkt, jitz müeß er entweder der Unggle mit allem, was hinder ihm gschtande-n-isch, la fahre oder d'Jumpfer Elisabeth. Er het e schüüche Versuech gmacht, dem Unggle Mäni by z'bringe, daß es öppe no kei Todsünd sygi, wenn me amene so schöne Sunntig d'Predig schwänzi. Aber da isch er erscht rächt zwäris dry cho und het für guet gfunde, der Rückzug azträtte. Me chönnt ja de bim Predikant z'Zimmerwald z'Predig, het er vorgschlage. Aber mit däm isch er o wieder a Lätze cho. Ds schlächte Byschpiel syg mit däm no nit ufghobe, het der Unggle gmeint, und si wärde-n-emel nid i der Schtadt welle-n-usposuune, si gange ga Zimmerwald z'Predig, das gloubte-n-e ja die dümmschte Lüt nid. Z'letsch het dä guet Ruedi kei andere-n-Uswäg meh gwüßt, als dem Unggle z'verschpräche, er well sys Müglechschte tue, für ds pic-nic uf ne-n-andere Tag z'verschiebe. Nume-n-uf die Manier isch's ihm glunge, der guet Effäkt vo der Visite no häb-chläb z'rette. Damit ihm's der Unggle-n-emel ja gloubi, het er la ufzöume-n-und isch, anschtatt über d'Hunzikebrügg, wie-n-er im Sinn gha het, schnuerschtracks gäge d'Schtadt zue gritte.

Dert trifft er grad der Houpme Lombach a, und ohni sech lang z'bsinne, chlagt er ihm sys Leid. Dä het ne-n-usglachet und gfragt, was de ds pic-nic dä alt Chracher agangi. Si bruuche dänk dä nid ga z'frage. – Bi mene Haar wäre die beide no hinderenand cho. Der Ruedi het im Schtille scho ds ganze pic-nic i ds Pfäfferland gwünscht, da chunt der Ratsherr Wyß derzue und fragt, was si z'zangge heige. Wo si-n-ihm erzellt hei, was gange-n-isch, faht dä häll uf afah lache-n-und seit: Eh bhüetis, das wird nid so gfährlich sy, Herr Landorfer. Loset, i weiß Ech e guete Rat. Ladet dir Eue-n-Unggle zu däm pic-nic y. Er wird sech de scho anders bsinne. Lueget, i kenne-ne. – Wüsset Der was, i will sälber zue-n-ihm.« – »Bravo! das isch e famosi Idee«, seit der Houpme Lombach, »das git e Mords-Jux; i chume grad mit, Herr Wyß«. »I troue däm nüt«, meint der Ruedi, »aber afin, er gseht emel de, daß i Wort ghalte ha. Wär weiß, villicht tuet's ihm de no wohl, wenn er yglade wird. Aber machet ne de nid no uwirscher.« »Nei, nei, häb nume nid Angscht,« tröschtet der Houpme Lombach, und währed der Ruedi dem Schteinibach zuegritte-n-isch, sy di beide-n-andere-n-i d'Schoßhalde gange, zum alte Herr Landorfer. Ds Meitli het di beide Herre-n-i ds Kabinett vom Herr gfüehrt. Der Herr Landorfer isch am Schrybtisch gsässe, wo si uf der Schwelle-n-erschine sy. I-n-aller Yl leit er sy großi Gänsfädere-n-ab und schteit uf, für di Visite mit nere gwüsse Fyrlechkeit z'epfah. Der Herr Wyß, als alte Husfründ, het der Houpme Lombach vorgschtellt, und dä het alli Höflechkeit, die-n-er bi der Garde z'Paris het glehrt gha, i ds Fäld gfüehrt und der Herr Landorfer i ne settigi Fluet vo Liebeswürdigkeite dünklet, daß er ganz verläge worde-n-isch. D'Yladung volländs het der Herr Lombach i nere so ynähmende-n-Art gwüßt vorz'bringe, daß der alt Herr mit syne Prinzip uf der Schtell i ds Waggele cho isch. Er heig eigetlech gar nid chönne billige, daß me so öppis uf ne Sunntig tüej; aber er begryfi ja schließlech, daß me nid guet anders chönni. Schlauerwys het der Herr Lombach dem Herr Landorfer no d'Nase druf gschtoße, daß er de bi däm pic-nic di beschti Glägeheit heigi, z'beobachte, wäm öppe sy neveu der Hof machi, und das het sy Ydruck nit verfählt. Während der Houpme Lombach der Herr Landorfer völlig in Aschpruch gnoh und ihm chuum der Ate gla het, isch der Herr Wyß mit mene Gsicht hinder sym alte Fründ gschtande, i däm Humor und Hohn sech sichtbar umebalget hei. Ohni daß der Herr Landorfer öppis gmerkt het, het er sy großi lorgnette fürezoge-n-und uf em Schrybtisch e-n-agfangene Brief gläse. – Di letschti Zyle-n-isch no naß gsi. – I däm Brief het's gheiße:

»Mon cher Fernand!

Je viens d'apprendre par mon neveu Rodolphe, ton voisin, qu'on va arranger un pic-nic pour dimanche prochain et qu'on partira de la ville déjà à huit heures. – Voilà l'influence de tes maudites théories par lesquelles tu as impoisonné la jeunesse dorée de Berne. Qu'allons-nous devenir? Quel sera le sort de notre chère république si la jeunesse continue à suivre ce chemin?...«

Der Houpme Lombach het undereinisch gmerkt, daß der Herr Wyß sech umdräit und vo eim Bei uf ds andere hopset, wie wenn er uf öppis glüjigem schtüend. Mit Müej und Not het er e Lachchrampf überwunde; aber sobald der Herr Landorfer ihm under höflichem Dank verschproche gha het, er well a ds pic-nic cho, wenn er zwäg gnue syg, het er für guet gfunde, sech z'verabschiede-n-und a di früschi Luft z'gah. Wo di beide Gschpaßvögel düre Hof use-n-und am Hus vorby d'Schtraß abgange sy, hei si der Herr Landorfer dür ds Fänschter gseh, wie-n-er es Papier i chlyni Fätzli verrisse-n-und i Papierchorb gworfe het. Der Herr Wyß het sym Fründ ganz gnau no chönne säge, was druff g'schtande-n-isch, und vierezwänzg Schtund schpäter het im Oberried Eine-n-über ne Brief chönne lache, dä ihm beschtimmt gsi isch und dä-n-er doch nie gseh het.

Ja, so öppis reiset gschwind. No gschwinder schier isch aber d'Nachricht greiset, der alt Herr Landorfer well a ds pic-nic cho. Wie amene Zündfade-n-isch die Neuigkeit vo Hus zu Hus gange, und fascht uf jedem Gsicht het si es Liechtli azüntet. Wolle, das het öppis z'brichte gä. Es het sogar mängs, wo eigetlech nid im Sinn gha het, sech az'schließe, bi der Nachricht gseit:»wohl, jitz chume-n-i o.« Di eltere Lüt hei der Chopf gschüttlet und gfragt, öb's öppe däm alte Chutz im Chopf nümme rächt sygi. Am liebschte hätte si aber, für d'Gwundernase z'fuetere, sälber mitgmacht.

He nu, dä heiß ersähnt Sunntig isch cho. Üse Ruedi isch früech, früech erwachet und het sech schön gmacht. Chuum het er ds déjeuner im Mage gha, isch er um ds Hus ume gschtriche, het der Himmel agluegt und gfunde, me hätti ds Wätter nid schöner chönne träffe. Keis Wülkli het me gseh. Nume-n-i der Tiefi, ufem Bälpmoos isch es dünns Hüüchli vomene Morgenäbel gsi. Der Mälcher het gseit, das syg nume-n-es guets Zeiche; aber d'Lächefrou isch nid ganz yverschtande gsi. Das Jahr, het si gseit, heig si's no nie gseh,»weder da di Jahr hig's de aube möge donnere-n-obe-n-yche, we's ame Morge-n-i der Tüfi gnäblet heig; weder öppe sövli gfährli wärd's z'erscht Mau no nid sy.« Item, einschtwyle-n-isch es wundervoll gsi. Ändlech het's z'Bälp halbi sibni gschlage, und der Ruedi het sech uf e Wäg gmacht gäge ds Oberried. Aber drü mal isch er no i sy Schtube vor e Schpiegel ga schtah, für emel sicher z'sy, daß alles i der Ornig sygi. Dür d'Schtraß us isch er uf der Windsyte hert dem Läbhaag nah gloffe, damit emel ja der Luft ihm nid ungsinnet e Schtoubwulke-n-uf syni blanke Schueh blasi, und, elegant wie ne

26

Schtorch, isch er um jedes Schtoubhüüfli ume beinlet. Wo-n-er es paar hundert Schritt wyt gsi isch, het er ds Oberried erblickt zwüsche de mächtige-n-alte Nuß- und Cheschteneböume. Vom Hof eẇäg isch e schöni Allee bis zur Schtraß gange, und dert a der Schtraß het si g'ändiget i zwe große, sandschteinige Portalschtöck im Zopfschtyl mit gwaltige-n-Urne-n-obe druff. Wie-n-e Schtächvogel het er mit syne scharfe-n-Ouge di Allee gmuschteret vo de Türlischtöck ufe gäge Hof, und wie-n-er der oberscht Boum schtreift, chöme si us em Hof i d'Allee, der Ratsherr vora, schtattlech und schön, mit mene höche Schpazierschtäcke – der silberig Chnopf het blitzet wie ne Schtärn. Und hinder ihm här isch fröhlech und läbig sy Tochter cho. Ungfähr bi'm Portal sy si z'sämecho.

Heit der scho amene Chind rächt i d'Ouge gluegt, wenn's zum Wiehnachtsboum cho isch? – He nu, grad e so het der Ruedi Landorfer ufglüüchtet, wo-n-er sy Schatz begrüeßt het. Dä möcht i aber o kenne, däm's nid gfalle hätti, das Töchterli i sym luftige hällsmaragdgrüene Chleid mit dem crême-Schpitzetuech um d'Achsle. Weich wie Sammet, schlank und rosig, isch ihm der Hals usem Schpitze-revers ufgschtige. Und früsch und fründlech hei d'Ouge glüüchtet. Der Chopf het's schier e chly übermüetig i Äke gworfe, daß ihm d'Morgesunne häll under di großi bergère gschine-n-und sys dunkelbruune Haar mit guldige Fäde dürschpunne het. Nei, und das Öhri, wie härzig isch das mit sym rosefarbe Rändli underem höch ufgschtrählte Haar gsässe, so rächt parat, die schöne Komplimänt i-n-Epfang z'näh. Der Ratsherr het dry gluegt, wi wenn er mit dem ganze Gsicht wett säge: »jä gäll«. Er het gravitätisch es paar Schritt uf d'Schtraß use ta, und wie-n-er sech umdräit, für z'luege, was für ne Luft gangi, bängglet sys Töchterli dem cavalier ihres shawle schier i sys schtrahlende Gsicht und schpannet der Sunneschirm uf. »Aha,« dänkt der Ruedi, »du schynsch mer i der rächte Verfassung z'sy,« glücklech, sym Bethli der erscht galant Dienscht chönne z'leischte. »Chunt ächt der Unggle Mäni?« fragt der Ratsherr und lachet verschmitzt. »O chuum,« antwortet der Ruedi. »Abah, meinet-Der nid?« hüüchlet d'Jumpfer Elisabeth. I heiterem Gschpräch sy si uszoge mitenand, dem Bärg zue, für de-n-andere z'Änglischberg obe ga z'passe. Uf mene holperige Fueßwägli sy si düre Wald ufe, und nah-ti-nah isch der Ratsherr i Schweiß cho, langsamer gange-n-und öfter blybe schtah für z'verschnuppe. Im

Afang hei-n-ihm di Junge-n-artig und lieb gwartet. Aber je schtotziger der Wäg worde-n-isch, descht öfter het der Ratsherr müeße verschnuppe und descht größer isch sy Abschtand vo de Junge worde. Wär's ihm nid e so ufe-n-Ate cho, su hätt er afah ufbegähre; aber e so het er am liebschte gschwige-n-und se la loufe. Ds Wägli isch wüescht usgwäsche gsi, und mängisch het sech ds Töchterli i syne Schtögelischueh fascht d'Füeß usgränkt, so daß der Ruedi alli Bott ihm het müeße Handreichung tue. Es het ihm gar tuusigs wohl ta, wenn er di zierleche Händli härzhaft het chönne-n-erfasse, und ds Bethli het sech übrigens o gärn la hälfe. Gar mängs heiters Wort isch gfalle, und je müehsäliger der Wäg worde-n-isch, descht luschtiger isch es dem Ruedi vorcho, und wo ändlech d'Jumpfer Elisabeth doch fragt, öb si eigetlech no nid bald dobe syge, antwortet er unbsinnet, synethalb chönnti der Bärg no mängs tuused Schueh höch sy. Vom Ratsherr het me scho lang nüt meh gseh; me het ne nid emal meh ghöre byschte. Di Junge hei ne, gloub, scho ganz vergässe gha, wo si ändlech, sälber e chly erschöpft, us em Waldrand uf ds Bödeli hinder Änglischbärg cho sy.

Dert isch am Wäg e große-n-Eicheschtamm gläge, wie wenn e guete Geischt ne grad extra für üsi Lütli zwäggleit hätti. Si sy härzlech froh gsi drüber und sy druuf ga sitze, für z'leue und für dem Papa z'warte. Di Gogerete het's natürlech mit sech bracht, daß d'Jumpfer Elisabeth e chly verchuzet dobe-n-acho isch. Und drum het si dä Halt gärn benützt, für ihri coiffure wieder i d'Oring z'tue. Ihres Gsichtli isch e chly échauffiert gsi, und ihri läbige-n-Öugli hei grad no einisch so heiter gfunklet. Drum het si, wo müglech, no nätter usgseh, wo si jitz ihre große Huet abgnoh und dem cavalier zum ha gä het. Dä het ere mit Wohlgfalle zuegluegt, und wo-n-er ere du gar no het dörfe hälfe, der Heuel rangiere-n-und e prächtigi Agraffe dry schtecke, het's ne volländs dunkt, jitz syg er im Himmel. Aber di Illusion isch verfloge, wo me bald druf us de Tanne-n-ufe het ghört: »puh – puh – äh – psch – puh – puh – äh – mon Dieu, comme il fait chaud – äh puh – und so wyters. Dä guet Herr Vilbrecht! Ds Wasser isch ihm schier bachswys über ds Gsicht abegloffe. Mit mene tiefe Süüfzer het er sech uf e Boumschtamm gsetzt und zum gaudium vo de Junge sy schön-g'chrüseleti perruque-n-abgnoh und uf ds Chneu gleit. «Non, si j'avais su...», het er gschtöhnet, »i gloub – äh – puh – äh – i leu ech de la gah. Ma foi, nei, uf di

Bütschel-egg chume-n-i gwüß nid.«»Eh, das wär schad,« meint der Ruedi,»jitz wo mer da obe sy.« – »Nei, nei, i chume no mit ech bis zum Dorf führe, nume damit i der Unggle Mäni gseh. Das la-n-i mer nid etwütsche. Nachhär cheut der de mache, was der weit,« seit der Ratsherr, und da het ihm niemer dergäge gredt, will di beide Junge das usnähmend vernünftig gfunde hei. Am liebschte wär der Ruedi es paar Schtund hie blybe sitze im alleinige Besitz vo syr schöne Begleiterin.

Aber lueget, so isch es halt gwöhnlech im Läbe: je schöner e-n-Ougeblick, descht chürzer isch er. – Obschon sech d'Jumpfer Elisabeth mit ihrem Ritter gar chöschtlech amüsiert het, isch si doch scho ungeduldig worde, sobald si ihri Toilette wieder i der Ornig gha het. No het der Papa gschnuppet und gschwitzt, so seit si zum schtille-n-Erger vom Ruedi : »sötte mer ächt nid wyters?« – »Eh bhüetis, mer hei nüt z'pressiere,« meint der Ratsherr. – Aber, was wott me? So-n-es Meitschi, wenn es e Gumpete vorschtänds het, isch halt precis wie-n-es Roß, wo d'Chrüpfe schmöckt. Da git's eifach e keis bha meh, und wenn me's nid wott la druuf a cho, daß es e schröcklechi Gschicht absetzt, so isch es geng gschyder, me gäb nah. –

Das het der Papa gwüßt und will ne der schön Sunntig und di gueti Luune vo de Chinder greut hätte, so het er syni Bei ufgschtellt und der Schmärbuuch obe druf tha und gseit: »so mira.« Si sy hübbeli gäge ds Dorf ufe, ds Bethli wie ne Tambourmajor voruus – ungeduldig het's der Sunneschirm umegschlungge – es paar Schritt hinder ihm, mit mene liechte Dämpfer i der Schtimmung, der Ruedi, und zletscht der Papa. Däm isch d'Sach nid so ganz rächt gläge, will er gmerkt het, daß si jitz de grad i d'Prediglüt yneloufe. Am liebschte hätt er hinder mene höche Gschtrüpp no chly gwartet, aber er het doch nid gärn la merke, wie's ihm gsi isch. Richtig, wie si uf ds Schträßli chöme, so chunt ds halbe Dorf Änglischbärg dahär. Fromm und bieder sy si dahärzoge, d'Muetteni i de Schpitzlihube voruus, mit rotbackige Chinder a de Chittle z'hange, tolli Meitscheni mit schöne Rose-n-i de Chittelbrüschtli und länge, länge Züpfe hinde-n-abe. Di alte Bure-n-und d'Bursch sy hinde dry trappet, alles fyrlech und verschwige. Fyrlech und fründlech zuglych hei jitz z'Zimmerwald äne d'Glogge-n-afah lüte, und jitz isch es sogar dem Bethli und dem Ruedi ganz z'wider worde, so i di Pre-

29

diglüt yne z'trohle, bsunders wo du die hei afah d'Chöpf dräje-n-und luege, schier wi d'Guschteni uf der Weid, wenn e so ne frömde Fötzel vorby geit.

«Dépêchons-nous», seit d'Jumpfer Elisabeth und faht a uszieh, was gisch, was hesch. – Ja, ja, «dépêchons-nous», dänkt no mängs Babi vo Möntschechind, wenn es gschpürt, daß es dem liebe Gott zwäris übere Wäg louft.

Wo si i ds Dorf cho sy, isch ds Böschte vorby gsi, und us de große, subere Burehüser sy nume no-n-es paar Zaaggeni cho. Nachhär isch es wie usgschtorbe gsi. Üsi Lüt sy vor mene Schtöckli a der Schtraß uf nes Bänkli ga sitze und hei gwartet, vowäge der Schtutz ab, der Gsellscheft etgäge, het der Ratsherr de doch nid welle. Öppe-n-es halbs Schtündli hei si da müeße warte. Zu ihrem Zytvertrieb isch us mene Burehus vis-à-vis es ghotschets Meitschi use cho, jedefalls e verschlafeni »Jungfrou« und het am Brunne hinderem Hus sy toilette gmacht. Bsunders luschtig het's d'Jumpfer Elisabeth dunkt, wie das Meitschi sy Schträhl i Brunne tünklet und d'Haar dermit gnetzt het. Si hei aber där Mälchtere-Fee nid lang zuegluegt, vowäge me het öppis ghört unde vom Schtutz här, und richtig, chuum sy si ufgschtande gsi, so chunt es großes Gschnäder der Bärg uf, und wenn me so der Wäg abgluegt het, isch es grad gsi, wie wenn es mächtigs bouquet der düruf chäm. E Chlungele vo Röck und Hüet, ombrelles, shawles und ridicules i allne-n-erdänkleche Farbe. Schwarzes isch nüt drinne gsi als d'Schueh und di große Hüet vo de Herre. Und das het glachet und gschwätzt und guglet!

Chuum isch me z'säme cho, so isch der Ruedi mit Frage beschtürmt worde, wo-n-er sy Unggle heig. »I weiß nid,« het er g'antwortet, »i ha gmeint, er chömi mit euch, vo Bärn use.« Alles isch enttüüscht gsi und nid am wenigschte der Herr Vilbrecht, wo sech scho gfreut gha het, sy Fründ Mäni mit es paar boshafte-n-Allusione z'bombardiere. Mittlerwyle sy d'Frou Houptmänni Tribolet und d'Frou Schpittelyziehere Tillier, wo als dames patronnesses mitgmacht hei, nache cho, und me het se pflichtschuldigscht begrüeßt. D'Frou Tribolet het em Herr Vilbrecht verschtändnisinnig zuegnickt, wo si ihres Gotteli e so comme il faut gseh het und na-n-es paar artige Gsätzli het sech der Ratsherr höflech epfohle. Ds erschte wo da druuf hi der Ruedi entdeckt, isch, daß der Houpme Lombach und e frömde Jüngling sech synes Bethlis bereits hei bemächtiget gha und mit ihm fürbas zoge sy. Das het ne-n-uf der Schtell e chly afah gusle, und er isch ne nache, für z'luege, wär dä Frömdling syg. Me het se-n-enandere vorgschtellt und zu sym schtille-n-Erger het er gmerkt, daß es e gfährleche Rival isch gsi, so ne rächte Neueburger-Bräntel, übrigens e bildschöne Kärli und galanter, als es halbs Dotze Bärner z'sämegrächnet. Ds Bethli het scho na hundert Schritte mit ihm ta, wie wenn si sech sit Jahre gkennte. Ds tuusigs Meitschi het uf der Schtell gmerkt, daß sy Nachbar vom Schteinibach yfersüchtig worde-n-isch und het grad descht meh dem Neueburger glost. Ds Güegi het ihns gschtoche, dä arm Ruedi z'necke-n-und z'fecke.

Trotz der zuenähmende Wermi isch der Schwarm luschtig und vergnüegt dür ds Dorf Zimmerwald zoge, und niemer het sech g'achtet, daß dert bi'm Wirtshus e char-à-banc gschtande-n-isch.

Churz vor em Schluß vo der Predig sy si a der Chilche vorby, da chunt amene-n-übermüetige Töchterli i Sinn, si welle-n-a d'Chilchtüre ga lose-n-und ga güggele. Hübbeli, hübbeli sy si undere Vorschärm düüßelet. Der Ruedi het der Gwunder o möge, und mitts zwüsche dene Töchterli schlycht er zueche, schtemmt di linggi Hand gäge Türflügel und luegt dür ds Schlüsseloch yne. Für di andere-n-o zueche z'la, isch er ganz verdräit gschtande-n-und het gar nid gmerkt, daß d'Jumpfer Elisabeth hert hinder ihm schteit, d'Hand uf d'Türfalle leit und zum Houpme Lombach chüschelet: »söll-i?« Schtatt z'antworte, drückt dä Schpitzbueb dem Bethli sy Hand fescht uf d'Falle-n-und tuet e Gump rückwärts. E Ruck, e Göiß und der Ruedi isch uf allne Viere-n-i der Chilche-n-inne. Won-er i der Hascht sy Huet z'sämeliest, fallt sy Blick uf ds Gsicht vo – dänket, wie gräßlech – vo sym Unggle Mäni. Wie ne Blitz isch er zur Chilche-n-us gschosse-n-und de-n-andere nachegschprunge. Die sy alli dervogloffe, wie wenn e böse Geischt hinder ne här chäm. Ersch wyt usse, wo der Wäg e Boge macht und es Burehus d'Chilche vo Zimmerwald deckt, hei si wieder halt gmacht, sy a ds Schtraßebord gsässe und hei glachet, daß ne d'Träne-n-über d'Backe-n-abegloffe sy. Die beide dames patronnesses sy zum Glück wyt hinde dry cho ; si sy jitz erscht öppe bi der Chilche gsi. Der Ruedi isch schuderhaft höhn gsi und het sech bsunne, öb er nid lieber grad hei well. Ds dümmschte für ihn isch gsi, daß er nid emal gwüßt het, wär eigetlech a däm Schtreich isch d'Schuld gsi. Er het meh ds Bethli im Verdacht gha, und um so blamierter isch er sech vorcho. Eigetlech het er ihm die Treulosigkeit doch nid rächt zuetrouet. Aber wenn's ihm de wieder wahrschynlecher gschine het, so sy-n-ihm schier gar d'Träne cho. Jitz, wo-n-er de-n-andere nachechunt und das Glächter ghört, findt er, es syg allwäg ds Gschydschte, me mach gueti Miene zum böse Schpiel. Küehn und fescht geit er uf d'Jumpfer Elisabeth zue und seit ere: »Euch sött me-n-e chly ohre.« – »Was? – mi?« antwortet die, »i bi höchscht uschuldig a der Gschicht.« »Ja, ja, me gseht Ech's a,« fahrt er furt, bemerkt aber im glyche Momänt, daß di ganzi Gsellscheft mit merkwürdiger Schpannung gäge Zimmerwald luegt und verschmitzt lachet. Er dräit sech um und gseht mitts zwüsche der Frou Tribolet und der Frou Tillier der Unggle Mäni dahär cho, förchterlech gestikulierend, und die beide Froue hei alli Anzeiche vo der gröschte-n-Entrüschtung uf ihrne Gsichter treit. »Potz Schtärnebärg,« het er dänkt, »jitz geit's los.« – Unwillkürlech hei alli andere-n-e-große Boge-n-um ihn gmacht, wie wenn si e chly wyter vom Gschütz ewäg wette. Är allei isch i der Mitti vo der Schtraß blybe schtah, und sy ganzi Figur het gschine däm dahärschnoubende Dreigeschpann zuezrüfe: »Afin, chömet nume, wenn der Gröubi weit.«

Jitz no zäche Schritt – jitz, jitz! Der Unggle Mäni, prachtvoll agleit, macht Halt, setzt eine vo syne Füeß wichtig füre-n-und schtemmt mit usgschtrecktem Arm der Schtäke-n-uf. Us sym dunkelblausydige gilet mit glänzige Chnöpf isch es schneewyßes Jabot fürequolle, gheftet mit mene boumnußgroße-n-Amethyscht i vierschrötiger Guldfassung. Uf sym chlyne, ygfallene Gsicht isch e mörderlech große Näbelschpalter gsässe, und über di ganze Pracht abe-n-isch es Fueder Schnupf verzatteret gsi. Mit zornbrüetige Blicke hei di beide Froue ne flanguiert. «Ah, vous voilà», het er aghobe, mit furchtbarem Usdruck, und du het er tief Ate zoge-zu-n-ere niederschmätternde Tirade, da ghört me-n-usem wyte Kreis vo de Zuehörer, vom Schtraßebord abe, dem Houpme Lombach sy Schtimm lut und fyrlech: «ave Caear, morituri te salutant».

Währed der Herr Landorfer sy fyni, schpitzigi Nase gäge Herr Lombach use schtreckt und di linggi Hand zum Schutz gäge d'Bländung über d'Ouge het, isch es verdrückts Glächter dür di ganzi Gsellscheft gfloge, und sogar d'Ouge vo der Frou Tillier hei e chly-n-e mildere-n-Usdruck übercho. No het der Unggle Mäni der

Urheber vo däm unzytige Schlagwort nid gfunde gha, so gümperlet, koquett wie-n-es Vögeli, d'Jumpfer Elisabeth grad vor ihn zueche, macht e wunderschöni révérance und faht i de höchschte Regione vo der Tonleitere-n-a: Bonjour, Monsieur, quel plaisir de vous voir prendre part à notre pic-nic. Est-ce que vous êtes venu à pied depuis la Schosshalde? Und währed es ihm i de-n-anmuetigste Töne d'Ohre voll schnäderet, macht der Fritz Lombach de-n-andere Töchtere-n-es Zeiche-n-und kommandiert: «grande chaine des dames!» Flingg wie ne Schyn hei sech di Händ gfasset und wie ne Schturmwind fahre-n-alli Töch-tere-n-im Ringelireihe-n-um dä guet Herr Landorfer ume. Wär wett da no schmähle? – Er schüttlet sy Chopf, dräit sech um, und wo-n-er gseht, daß es kei Uswäg meh git für ihn und die beide dames patronnesses ussehär em Kreis häll uf lache, lachet er mit. Aber es isch ihm schier trümmlig worde; drum het er sy Schtäke-n-uf gha und gmacht, wie wenn er amene-n-Ort wett es paar Händ mit mene lyse Hieb trenne. Ersch jitz hei si ne-n-usegla. Aber frei gä hei si ne nid, sondere zwen vo dene Töchterli hei ne zwüsche sech yne gnoh und ne beschtürmt mit Frage-n-und Komplimänte-n-über sy's schöne gilet, und si hei nid lugg gla, bis er ne d'Gschicht vo sym grüsleche-n-Amethyscht i allem Wyterwandere zum Beschte gä het. Erzellt het er amüsant, und so isch me-n-unverdrosse-n-über Niedermuehlere gäge ds Ratteholz bummlet, und dert het me natürlech, wie no hüttigs Tags fascht jedesmal, der Wäg verfählt und isch halt der Nase nah düre Wald ufe gschtürmt.

Uf der Bütschelegg isch dennzumal no keis Wirtshus gsi. Drum hei di junge Herre-n-es guets Plätzli usgsuecht und me het der Proviant, wo me het la vorus trage, uspackt und sech güetlech tha. Aber d'Sunne-n-isch o derby gsi und het präglet, was si vor em Wald usse-n-erwütscht het. Nachem Ässe isch me z'trüppeli- oder paarwys übere Bärgrügge hindere gschländeret und het d'Ussicht gluegt. Will's aber e so warm gsi isch, hei sech die verschiedene Gruppe bald glageret und hei im Gras afah fulänze-n-und trohle.

Der Ruedi het sech mit der Jumpfer Elisabeth gwüßt e chly wyter z'zieh bis a-n-es Chornfäld. Dert sy si abgsässe-n-und hei afah Ähri zupfe-n-und d'Ussicht agschtunnet. Si sy bald so ine-n-Art schtilli Andacht versunke. Das isch dert obe schier nid anders müglech. Es isch e so schön schtill gsi. Über allne Huble-n-und Grebe-n-isch di brüetigi Mittagsschtilli gläge. Keis Gresli het sech grüehrt. Ganz wyt, im bläuleche Dunscht vo der Schtockhornchetti, het amene Hüsi es Fänschter glitzeret, wie-n-es Schtärnli, wo vom Himmel uf d'Ärde gfalle-n-isch und gärn wieder ufe möcht. Ärnscht und trotzig isch der Ganterisch näbe der mutze Nünene gschtande, wie wenn si wette der Wätterwulke wehre, wo über d'Schtockhornchetti füregüggelet het. Näbem mattblaue, schtille Thunersee het me der wyß Turm vom Schloß z'Thun gseh, und himmelhöch hei über nere glychlig abtönte Dunschtschicht die bländig wyße Firngrät vo der Jungfrougruppe-n-i blaue Himmel ufglüüchtet.

Si hei scho lang enand nüt meh gseit, und wo der Ruedi ändlech wieder wott rede, so gseht er, daß ds Bethli sanft und sälig schlaft. Underem Schatte vo sym große Huet het's gschlummeret, und der Ruedi het Glägeheit gha, sech z'ergötze-n-a der schlanke, schön bouete Gschtalt.»Wenn i Di nume-n-afe chönnt male,« het er dänkt, und i allem Sinne-n-und Luege-n-etwütscht es ihm halblut über d'Lippe:»Meitschi, du muesch mys wärde.« Jitz dräit's der Chopf, tuet d'Ouge-n-uf und luegt ne-n-a, und er het gschpürt, wie-n-ihm ds Bluet i d'Backe gschosse-n-isch. Und wo ds Bethli o chly rot wird, ufsitzt und seit:»I ha gloub gschlafe,« het er sech völlig müeße zwänge, ihm nid grad mit mene Müntschi z'antworte. Aber läbig isch ds Bethli ufgschprunge, wie wenn es gschpürt hätti, daß es öppisem uswäg müeßt, und het gfragt:»wo sy di Andere?« Jitz het är o ufmüeße, und für einschtwyle het er sy erwünschte zuekünftige Besitz no mit de-n-Andere müeße teile.

Obe-n-im Ratteholz finde si, schön im Schatte glageret, der Ungglele Mäni zwüsche de beide dames patronnesses und z'ringsetum der gröscht Teil vo der Gsellscheft. Es isch es wunderhübsches Bild gsi. Im herrleche, weiche Miesch sy di Einte gsässe, di Andere-n-uf Wurzelschtöck, und es paar jungi Herre hei, mit verschränkte-n-Arme-n-a d'Tanne-n-aglähnt, dem alte Herr zueglost, dä o im Gschpräch der Mittelpunkt bildet het. Dür die wenige Lücke-n-im schwarz-grüene Chriesdach vo de höche Wyßtanne het me der tiefblau Himmel gseh, und schreg yne, vom Waldsoum het d'Sunne grälli Liechter uf di wyße Boumschtämm, uf e saftige Mieschgrund und uf di buntfarbige Chleider vo dene fröhleche Möntschechinder gworfe. Grad im Ougeblick, wo unvermerkt üsi Lütli derzue chöme, ergryft d'Frou Tillier der Zipfel vo ds Herr Landorfers brodierter, altmodischer Chutte-n-und seit zue-n-ihm: «Monsieur, j'admire votre bel habit» und luegt di fyni Arbeit und dä schön aber défraichiert Schtoff vo nachem a «O Madame,» antwortet-er, flattiert, «cet habit renferme mes meilleurs souvenirs du bon vieux temps. Je l'ai porté quand je fus présenté à sa majesté Louis seize à Versailles.» «Eh, quel honneur pour nous,» meint d'Frou Tribolet, «que vous ayez mis cet habit aujourd'hui!» – Für sy's Chleid besser z'zeige, schteit der Unggle Mäni uf und seit: «Oui, vraiment, il faut que vous l'appréciez, Mesdames, car pour moi une certaine auréole repose sur ce pauvre morceau de drap. Oh les temps ont bien changé.» Sy Schtimm het schier zitteret, wo-n-er das gseit het. D'Frau Tillier het ihm bsunders wohl ta, indäm si-n-ihm gseit het: «En effet, votre fidélité est touchante,» und er het g'antwortet: «et je la maintiendrai d'autant plus que le régime de la canaille fera des progrès.» «Je suis sûre, Monsieur,» meint du d'Frou Tillier, « que les menaces des républicains n'ébranleront jamais votre conviction.» «Jamais de ma vie,» beschtätiget der Herr Landorfer, «et j'espère,» wändet er sech mit gehobener Schtimm a di junge Herre, «que vous partagez cette conviction, mes jeunes compatriotes. Ne cessez jamais de défendre notre chère république contre l'esprit pernicieux des Jacobins!» «Bravo! Nous la défendrons,» het eine vo de junge Herre g'antwortet – und das isch der Neueburger gsi –; die andere sy schtumm umne-n-ume gschtande; aber übere Wald yne-n-isch vo der Schtockhornchetti här e dumpfe Donnerschlag g'rollet. Und die, wo a Waldsoum use sy ga luege, hei e cholerabeschwarzi Wand über der Rüeggischbärgegg gseh.

Der Herr Landorfer het verwunderet ume gluegt, aber nid öppe, wil die junge Bärner gschwige hei, bhüetis, das het er nid anders erwartet, sintemal d'Bärner mit Vorliebi dür Schwygsamkeit ihre Byfall bekunde, – nei, er het verwunderet umegluegt na däm einzige, wo-n-ihm g'antwortet het. Under de junge Bärner isch dert gwüß nid Eine gsi, wo nid prinzipiell mit dem Herr Landorfer wär yverschtande gsi; aber i äbe so großer, schtillschwygender Überyschtimmung hei si ds Brüele dem Frömde-n-überla.

Chuum het im Umkreis d'Konversation wieder agfange, so donneret's zum zweutemal. Jitz seit afange d'Frou Tribolet: »i gloub, mer sötte-n-a Heiwäg dänke,« und bi'm dritte Donnerschlag isch dene Töchtere-n-uf ds Härz gfalle, das niemer e Rägemantel by sech gha het, und d'Angscht um ihri toilettes het ne-n-afah Bei mache.

Me-n-isch ufbroche-n-und langsam düre Wald abe, dasmal jitz einisch di Alte vorus und di Junge hindedry. So uf halber Höchi öppe geit e Wäg der Bärgsyte nah dür ds Ratteholz gäge Blacke, und dä hei di Vorderschte-n-ygschlage. Scho sy si e Bitz wyt gange gsi, so ghört me der Houpme Lombach düre Wald ab rüefe: »Halt, wo weit der hi? – Mer wei ja über Gäzzibrunne hei.« – Alles isch blybe schtah. Der Unggle Mäni rüeft zrück: «Ma voiture m'attend à Zimmerwald,» und eine vo de junge Herre-n-antwortet : «et les nôtres nous attendent à Toffen.»»A bah, o wie schad,« g'hört me hie Eis und dert Eis säge, und alles faht afah wärweise. Si sy da gschtande-n-im Waldwäg, wie-n-es Völkli Hüehner, und nid viel het gfählt, so hätt's no-n-es G'chähr gä. Am dümmschte-n-isch der Ruedi Landorfer dranne gsi. Der Unggle fragt ne: «Est-ce que tu viens avec moi?» Und uf der andere Syte schteit d'Jumpfer Elisabeth näbem Neueburger-Bräntel. E Momänt sy alli schtill gschtande, schtill wie der Wald i der Sunnehitz, und keis Vögeli het sech grüehrt; nume d'Brähme sy uflätig umenandere gschosse-n-und hei hie Eis zwickt und dert Eis pickt. Der Ruedi het sech uf ne-n-aschtändigi Antwort bsunne. Da macht's under-einisch übere Wald abe: »huuu-huuu« und d'Tanne hei afah ruusche-n-und hin und här sech biege.»Potz Guggerli,« seit d'Frou Tribolet,»mer wei mache, daß mer furtchöme.«»Hie düre,« rüeft der Houpme Lombach, »adieu« der Herr Landorfer, und wie Pfyle sy großi, längi Rägetröpf uf d'Gsellschaft cho z'flüge. Der Ruedi het ds Cadenetteband vom Unggle Mäni hinderem nächschte Tanngrotzli gseh verschwinde-n-und isch der fliehende Gsellscheft nache grönnt. «En avant, les Messieurs» kommandiert d'Frou Tillier. D'Herre hei gfolget, sy vorus pächiert und d'Froue-n-und Töchtere hei ihri luftige jupons über d'Chöpf zoge. Mit dene fyne Schüeli und dünne Schtrümpfli isch dür di wüeschte Chargleus und Gülle-n-us gar nid guet gsi z'flieh.

Vor em Wald usse-n-isch me-n-ersch rächt i Trouf cho und isch Hals über Chopf dem nächschte Burehus zuegschtüüret. Mit Byschte-n-und Schnuppe-n-isch Eis um ds Andere-n-underem breite Vorschärm vo nere-n-alte Schtrouhütte-n-aglanget. O wetsch –o wetsch, wie hei si usgseh! De Herre-n-isch ds Rägewasser i Bechleni us de

Zougge vo de Näbelschpalter gloffe. Und ersch d'Froue! Alles isch ne gschlampet am Lyb ghanget, und die schtolze Huetfädere sy wie-n-es Schtüdeli brüjte Lattlech ufem Huetrand gläge. Ratlos het me-n-enandere-n-agluegt; mängs hätt afah briegge, wenn's allei gsi wär. Aber ds gmeinsam Eländ het se no schier mache z'lache, und d'Herre hei sech eryferet, mit schlächte Witze d'Schtimmung hurti wieder ufz'chlepfe. Für besser Platz z'ha, hei si ds Tennstor ufgschtooße-n-und sy i ds Tenn yne. D'Chüe hei gwunderig dür d'Fueterlöcher gluegt und gschnuufet und gmögget. Jitz chunt, vo däm Gschnäder ufgschüücht, e Burebueb zum Vorschyn und blybt underem Tennstor schtah mit große Glotzouge, d'Händ i de Hoseseck und luegt und luegt und gaffet mit offenem Muul uf di kuriosi Yquartierung. Da dänkt der Houpme Lombach, dä chöm grad zur rächte Schtund, das gäb öppis z'lache-n-und fragt dä Bueb:

»Wie heißisch?«

»Yggehöbu.«

»Wie?«

»Yggehöbu.«

»Wäm bisch?«

»Yggehöbu.«

»Wie heißt der Vater? – Wo chunsch här?«

»Yggehöbu.«

Jitz wird der Fritz Lombach ungeduldig und faht dä arm Göhl afah plage-n-und necke; aber meh als »Yggehöbu« het er nid us ihm usebracht. Und der Zwäck vo sym Exame het er o nid erlanget; nume di Dümmere vo der Gsellscheft hei glachet, di Andere hei Beduure gha mit däm Bueb und hei dänkt: »wenn er ne nume-n-i Rueh ließ!« Underem Vorschärm isch e neui Gschtalt uftouchet, es alts, schitters Mannli mit mene länge, schtrube, graue Bart und ere große Glatze. Das het däm Märit zueglost und gschwige, aber me het ihm agseh, daß es ihm nid gfalle het.

Grad setzt der Houpme Lombach zu mene neue Gschpaß a, da schynt di ganzi Hütte-n-uf wie-n-e füürige-n-Ofe, und e Donnerchlapf het's gä, daß alli gredi use brüelet hei. Der Blitz het am Husegge-n-i-n-e Saarboum gschlage-n-und isch id'Bsetzi gfahre, daß e schwäre Schtei wie ne Kanonechugle-n-a ds Tennstor gfloge-n-isch. Grad breicht het's niemer; aber chrydewyß sy si fascht Alli gsi. Der Göhl het afah pläre wie-n-es Chind, und der Bur isch wie verschteineret dagschtande mit wyt ufgrißne-n-Ouge, währed di halbi Gsellscheft im erschte Chlupf a Räge-n-use gschprunge-n-isch. E neue Rägeschwall het se gleitig wieder undere Vorschärm tribe. Da geit das alt Mannli zum Houpme Lombach und seit ihm: »Wärte Herr, i möcht Ech um der tuusig Gottswille bätte ha, hie use z'gah.« »Eh warum? Jitz tuet's is nüt meh,« antwortet er ihm. »S'isch nid wäge däm, wärte Herr; aber es gruuset mer wäge myr Sach. Lueget i binen arme Ma und förchte ds Unglück.« – »Aha,« lachet der Herr Lombach. »Du meinsch, mer zieje der Blitz a?« – »Nüt für unguet,« seit ds Mannli ärnscht und fescht, »es schteit geschribe: »was ihr einem dieser Geringschte tuet, das habt ihr Mir getan.« Dir heit dä arm Tropf dert verschpottet, und das isch nid rächt, wärte junge Herr.« Dem Houpme Lombach hets e so eige-n-um ds Muul ume zuckt. Er het nid rächt gwüßt, söll er das Mannli abrüele-n-oder s' uslache, da gseht er es paar schöni offeni Ouge-n-uf sech grichtet, die mit mene Blick völlig no ds Tüpfli ufe-n-I vo der Schtrafpredig ta hei. Mit mene schpöttische Zug im Gsicht erwideret er dä Blick, und d'Jumpfer Elisabeth schlat ihri Ouge nieder. Mit fascht gschlossene-n-Ougelider luegt si a Bode; aber i ihrem Gsicht isch e so ne-n-ablähnende, schtränge Zug gläge, daß der Houpme Lombach für guet gfunde het, der Sach e-n-anderi Wändung z'gä. Er fragt ds Buremannli, wär dä Bueb syg und erfahrt du, daß me-n-ihm der Gyger-Köbel sägi und daß sy Vater, e-n-arme Tanzgyger, o so heißi und bi ihm wohni. Jitz lat der Herr Lombach dem Bur e kei Rueh meh und verschpricht ihm, si welle furt, sobald dä Gyger mitchöm. Uf das hi isch der Bur der alt Gyger-Köbel ga reiche. Das isch e länge, verchrümplete Kärli gsi; aber a sym rot agloffne Gsicht het me-n-ihm agseh, daß er gwüßt het, was er wott, bsunders a sym scharf gschnittene Muul mit de schmale Läfzge. Der Houpme Lombach seit ihm: »Du söttisch mit is uf Toffe-n-abe, is eis cho ufmache, mer wotte-n-e chly tanze.« Der Gyger-Köbel fahrt sech mit syne länge Finger dür di borschtige, schtrube Haar, zieht d'Oberläfzge höch uf und macht es Gsicht, wie wenn ne-n-öppis gschtoche hätti: »Dir syt mer e tuusigs Läcker, junge Herr.« – »Warum?« meint der Houpme Lombach. – »Dir wärdet's öppe scho wüsse, warum.« – Hätt der Gyger nid i de Finger vom junge Herr e funkelnagelneui Dublone

38

gseh lüüchte, so hätt er chürzer abbroche; aber so het er z'erscht müesse sych sälber z'rächt wyse, bevor er het chönne furtfahre: »Dir wärdet öppe scho wüsse, daß hütt nid Tanzsundig isch.« – »Du wirsch jitz öppe nid welle ga wunderlech tue wäge däm, seh, reich dy Gyge-n-und chum.« – »Nei Herr, nüt für unguet, das tue-n-i jitz wäger nid.« – »Papperlah, chum jitz, i gibe Der zwo Duble.« – »Und i tue's nid,« seit der Gyger und macht es Gsicht, wie wenn's ne wett verdräje, »gwüß nid, Herr.« – »Abah, wär wett Di schtrafe?« – »Dir weit mi nume fecke, i la mi nid fah, gät Ech ume nid Müej, Herr.«

Jitz sy dem Gyger-Köbel d'Froue z'Hülf cho und hei gseit, wär o no wetti ga tanze-n-i däm nasse Gschlamp.

Mittlerwyle het der Räge nahgla, und me het sech ufe Wäg gmacht. Dem Houpme Lombach sy rächti Hand isch im Hosesack verschwunde, und der Gyger-Köbel het ere so sähnsüchtig nachegluegt, daß er underem Dachtrouf isch blybe schtah, ohni's z'merke. Er het nid gmerkt, daß der Ruedi Landorfer no hinder ihm zrückblibe-n-isch, bis er sy Hand uf der Achsle gschpürt het. Wo-n-er ume luegt, seit ihm der Ruedi: »Dir syt e brave Ma« und drückt ihm öppis i d'Hand. Der Köbel tuet sy mageri Hand uf und luegt verwunderet dry abe-n-und de wieder verwunderet ufe Ruedi und seit ändlech: »i ha de schynt's doch rächt gha?« – Jitz mueß der Ruedi lache-n-und seit: »wägem Fecke-n-öppe? – Nei, nei, das müeßt Der nid meine.« – »He nu, so dankheiget z'hunderttuusigmale, bhüet-Ech Gott,« meint der Köbel, und der Ruedi isch de-n-andere nache gschprunge.

Wo si uf d'Riggischbärgschtraß abe cho sy, het der Räge-n-ufghört. D'Abedsunne het am Bälpberg äne der Wald magisch belüüchtet. Ds nasse Loub und Gras het i Millione vo Rägetröpfleni saftig gschimmeret, währed unde, im Schatte vom Längebärg, d'Gürbe rumpelsurig mit ihrem trüebbrunne Wasser zwüsche de Chabisplätze düre der Aare zuegrunne-n-isch. Höch obe, vo der Falkeflueh zum Schtockhorn het sech e breite Rägeboge gschwunge. Und glücksälig näbe sym Schatz här, wyt hinder der Gsellscheft, het der Ruedi i dä herrlech Abe-n-use gluegt, und syni Ouge hei glüüchtet, no schöner fascht als d'Rägetröpfli.

39

4.
Der Unggle Mäni trinkt Kamillethee,
der Oberscht Muxmernit wott der Sabel schlyfe,
und d'Mama weiß e guete Rat. – Es flügt öppis i d'Luft.

Z'morndrisch isch füre Ruedi Landorfer ds Wichtigschte gsi, ga z'luege, was der Unggle Mäni machi. Afange het's ne wunder gnoh, wie-n-ihm d'Jumpfer Elisabeth gfalli, und de isch er doch nid ganz sicher gsi, ob nid am Änd di Gschicht vo Zimmerwald doch no fatali Schpure hinderla heig. Wo-n-er i d'Schoßhalde chunt, gseht er, wie ds Meitli uf der Loube schier mit Träne-n-i de-n-Ouge-n-am habit de Versailles ume glettet und eis mal über ds andere jammeret: »nei, nei, es het e kei Gattig mit däm Mannevolch; Verschtand hei si grad rundemänt e keine.« – »Wie geit's dem Herr?« fragt der Ruedi. »Er lyt und hueschtet,« antwortet ds Meitli, »wo tuusigs syd Dir o mit ihm umegfahre? – Er het ja usgseh, wie wenn me ne-n-i der Roßschwemmi umezoge hätt. Lueget da, wie das usgseht.« Vorne-n-uf der Loube-n-isch d'perruque ganz ufglöst und usgschtrählt a der Sunne gläge, wie ne Balg i-n-ere Gärberei. Das het der Ruedi gmacht z'lache. Da seit ihm ds Meitli: »das miech no nüt, für dä Chuder isch's nid schad, aber das schöne Chleid da, di Syde!« »Afin, d'Houptsach wird dänk sy, daß es dem Herr nid z'fascht gschadt het,« meint der Ruedi. »O das macht nüt,« seit das böse Chöcheli, »er duuret mi nüt, wenn er sech scho e chly schtill ha mueß. Chömet nume-n-yne.« Im Alcove-n-isch es gwaltigs Bett mit mene blau und wyß gschtrichlete Betthimmel gschtande, und im tiefe-n-Yschnitt zwüschem riesige, großbluemete duvet und amene Bärg vo Houptechüsseni hei e schpitzigi Nase-n-und es paar graui Ouge füregüggelet. Das isch alles gsi, was me vom Herr Landorfer gseh het. Der Hals isch bis a d'Nase-n-ufe-n-i sydigi foulards ygwigglet gsi, und der Chopf het bis über d'Ohre-n-abe-n-e vierkanntigi, blüemeleti, schpitzi Nachtchappe deckt. Ufem Nachttischli isch e möhrigi Wedgewood-Channe gschtande, und us ihrem Zougge het e Wulke vo mene gar bekannte Gruch di ganzi Schtube-n-erfüllt. Was meinet Der, was ächt da drinne gsi syg?

He was ächt:

Het z'Bärn e Möntsch es Beinli broche,
Dunkt's di, der Hals syg grüüsli troche,
Hesch Mage-, Buuch- und Ohreweh,
So trink e Platsch *Kamillethee!*

Das isch o bi'm Unggle Mäni ds Universalrezäpt gsi, und drum het er sy Ercheltung vo geschter mit Kamillethee behandlet. Sälbschtverschtändlech het sech der Ruedi vor allem teilnähmend nam Befinde vo sym Unggle-n-erkundiget ; aber d'Houptsach isch ihm pärse gsi, z'erfahre, mit was für Ydrücke der Unggle hei cho syg, bsunders wäge der Jumpfer Elisabeth. Wo der Unggle ganz chyschterig füre chychet: «elle est charmante, elle est adorable», het der Ruedi schier Härzchlopfe-n-übercho. «N'est-ce pas, mon oncle?» seit er, ganz verzückt. Aber no dütlecher het der Patiänt syr Meinung Usdruck gä, indäm er sech mit mene närvöse Ruck umdräit, syni magere Füüscht i d'Chüsseni bohret und ufchneulet, für mit allem Nachdruck z'säge: «En tout cas, mon ami Fernand ne mérite pas d'avoir une pareille fille. – Il faut que tu la délivres à temps de ses mains, mon cher.» – So viel het der Ruedi nid erwartet. Er isch e so erfreut gsi über die surprise, daß er dem Unggle schier es Müntschi gä hätti. Das het er zwar nid grad über sech bracht, wil der Unggle wieder einisch di halbi Schnupfdrucke-n-i sys Bett usgläärt gha het und nid juscht zum Abmüntschle-n-isch gsi; aber er isch ganz hert a ds Bett agschtande-n-und het glückschtrahlend gseit: «Ah, je vous promets que je ferai tout mon possible.» Vom Abetüür i der Chilche vo Zimmerwald het merkwürdigerwys der Unggle nüt gseit, und drum isch der Ruedi na syr Visite seelevergnüegt hei gritte.

Underwägs het er Plän gschpunne-n-und gschtudiert, was er öppe chönnti tue für sech sy Zuekunft z'sichere. Da chunnt ihm i Sinn, er well z'Chräilige bim Oberscht Muxmernit vorby, dä wüssi neue geng gar guet, wie d'chances schtande. Der Oberscht het ne fründlech epfange-n-und e gueti Fläsche Dézaley ufgschtellt. Es isch ihm geng gar agnähm gsi, e so ne-n-excusé-Visite z'übercho, vowäge für sich allei het er am Morge doch nid rächt i Chäller dörfe; d'Frou Oberschti het das nid gärn gseh. Der Ruedi het brav um d'Schtude gschlage für z'erfahre, wie's öppe schtandi mit de Prätändänte für di nächschti Burgerbsatzig. Wo der Oberscht aber merkt, uf was sy junge Gascht zielet, seit er: »Jä, my Liebe, i gloube geng, mer müeße de no vor Oschtere der Sabel schlyfe, und wie's de geit, cha me nid wüsse. Es isch es verfluechts Züüg mit üsne Ratsherre; di halbe wei geng no nid dra gloube, daß me mit de Franzose hinde-n-und vorne-n-agschmiert isch, wenn me sech mit ne-n-ylat. Und drum verlärpschet me-n-alles. Schtatt daß me-n-a nüt meh anders dänkt, als a Pulver und Blei, chähret me ganzi Tage lang drüber, öb's ächt ufrichtig gmeint syg, was di Agänte-n-eim da vorschwätze. I cha nid begryfe, was me vo dene Kärlisse-n-eigetlech no erwartet; me weiß ja, was es für nes canailloses Pack isch. – Aber was wott me? So lang mer Lüt im Rat hei, dene d'Fründschaft vo de Franzose-n-über di eigeti Nationalehr geit...« – »Das wird doch öppe nid sy,« meint der Ruedi. Da schteit der Oberscht uf, wird chräbsrot, und die blaue-n-Adere-n-uf der Schtirne sy-n-ihm fascht platzet. Ohni es Wort z'säge, nimmt er der Ruedi bi'm Ermel, zieht ne-n-us em peristyle füre bis a Rand vo der grienete Terrasse-n-und dütet mit der Hand über ds Bälpmoos gäge Längebärg. »Gseht Der dert di große Böum und das wyß Hus derzwüsche?« fragt er ändlech. »Ja, Herr Oberscht,« antwortet üse Fründ, »das isch ds Oberried.« »Juschtemänt, das meine-n-i,« fahrt der Oberscht furt, »und Dir kennet ne, der Herr vom Oberried; keini füfhundert Schritt isch es vo Euem Schteinibach ewäg. Das isch grad e so Eine, hö – dä donners Rabulischt.« Und das het er e so g'chüschelet, wie wenn me's änet dem Moos hätti sölle verschtah. »O wetsch,« het der Ruedi dänkt, »das gyget nid z'säme.« No bevor der Oberscht sy Verlägeheit het chönne merke, seit er: »I ha öppis ghört dervo, Herr Oberscht, i begryfe's äbe nid rächt vom Herr Vilbrecht.« – »Er isch halt e schturme Chopf, e verdräite Kärli,« brummlet der Oberscht und geit zum Tisch, für sys Glas z'lääre. »Er isch halt o nie Soldat gsi,« meint der Ruedi, »settigi Lüt luege d'Wält anders a, als Euer-Eine, Herr Oberscht.« »Ja, ja,« seit der Oberscht, »das isch scho wahr, aber es dunkt mi, es bruuch Eine nid lang dienet z'ha für use z'schmöcke, was sech jitz für ne brave Bärner schickt, oder meinet Der nid o?« – »Wenn's uf mi a chäm, Herr Oberscht,« antwortet der Ruedi, »so ließ i de Lüt gar e kei Zyt meh zum Zangge. Was Mannevolk isch, müeßt mer no hütt a d'Muschterig, und i ließ keine meh hei, bis daß dem Franzos d'Lätzge gmacht wär.« – »So rächt, Herr

Landorfer, das gfallt mer jitz,« seit der Alt und chlopfet dem Ruedi uf d'Achsle; »syt dir eigetlech enroliert?« – »Pärse, Herr Obercht, bi der Dragunerkompagnie Essinger.« – »So, so – das freut mi, Herr Landorfer. Jä, wie gseit, i gloube geng, mer müeße de no vor Oschtere-n-i-Sattel.«

Si hei sech bald verabschiedet, und wo's z'Bälp het endlefi gschlage, isch ds Ruedis Bruune-n-über d'Hunzikebrügg bolet. Üse Fründ het aber nümme ganz so heiter dry gluegt, wie wo-n-er us der Schoßhalde-n-abgritte-n-isch.

Bim z'Mittagässe-n-isch der Mama Landorfer grad ufgfalle, daß ihre-n-einzige Tischgenoß schtiller isch gsi, als gwöhnlech, aber si het nüt gseit. Ersch, wo der Ruedi afe der zwänzigscht Bitz Brot abschnydt, lachet si uf und seit: »I gloub, Du wellisch e Schpysung der Füftused aschtelle, my Liebe.« »Eh, pardon, ja, me sött's meine,« antwortet er, »i ha drum öppisem müeße nacheschtuune.« Es het natürlech d'Mama wunder gnoh, was ihre Suhn plagi, und si het ihm nid Rueh gla, bis er nere-n-uspackt het. Sy Härzensneigung het sie zwar scho gkennt; aber über di politischi Situation het si nid viel nachedänkt. Das frylech het si wohl gwüßt, daß für ihre Suhn ds einzig Töri zu syr zuekünftige Frou d'Promotion i-n-es Amt gsi isch. Aber dem Gedanke, daß der Ruedi scho bald sött hürate, isch si lieber uswäg gange. Si het nid rächt ds courage gha, die Müglechkeit e chly nächer i ds Oug z'fasse. Aber hütt het ere du der Ruedi d'Nase druf gschtooße. »Lueget, Mama,« het er gseit, »i bi zwüsche zweune Füür inne, und es macht mer mängisch Angscht, i chönnti de z'letscht no zwüsche Schtuel und Bank abetrohle. Myni chances sy bi der Friedespartei, der Herr Vilbrecht mueß mi lanciere, i ha süsch niemer im Rat; aber einschtwyle-n-isch d'Friedespartei i der Minorität und drum mueß i luege, daß i öppe-n-uf der andere Syten-o no es paar Schtimme mache. I der Seel hani's überhoupt ender mit de-n-Andere; aber i darf halt doch nit z'viel la merke.« »Weisch, my Liebe,« het d'Mama welle trööschte, »der Papa sälig het geng gseit, z'viel schwyge verderbi weniger, als z'viel rede.« »Scho rächt,« meint der Ruedi, »aber mit dem Schwyge macht me sech de Lüte liecht verdächtig, und wott me-n-öppis breiche, so mueß me halt z'letscht doch schieße.«

»Das wohl, Chind,« meint d'Mama, »aber vor allem mueß me luege, wenn me wott breiche, oder nid?« – »I dänk wohl.« – »He nu, und im Verchehr mit de Lüte geit ds Lose für ds Luege. Du muesch lose, das tuet de Lüte gar wohl; es geduldigs Ohr gwinnt mängisch meh als e gueti Antwort. Lue, d'Lüt wei nid brichtet sy, si wei lieber sälber brichte-n-und ghört sy. Aber vor allem andere muesch derfür sorge, daß de der Schatz i der Täsche hesch, vo wäge weisch, z'letscht und am Änd aller Ände l'amour sera plus fort que les principes.«

So het eis Wort ds andere gä, und ds eint und ds andere-n-isch dem Ruedi im Sinn blibe. Es het ihm allerlei gä z'dänke. Aber am tiefschte-n-isch doch der Mama ihre Schpruch vo der Liebi ynegange. Und het si öppe nid rächt gha, di bravi Frou? Was miech me-n-o i der Wält, wenn nid d'Liebi wie-ne Morgeschtärn obe-n-abe-n-i jedi Hurd vo der möntschleche Gsellscheft tät yneschyne? «L'amour sera plus fort que les principes», das isch vo denn ewäg dem Ruedi sy Leitschtärn, sy Wyssagung und sy Hoffnung worde. Aber er isch nid derby blibe, sech a däm müetterleche Troscht z'erlabe. Er het das Schprüchli mit dicke Tinteschlargge-n-a sy Schtubenofe gschribe, und wenn er amene Morge-n-ufgschtande-n-isch, so isch er geng wieder vor em Ofe blybe schtah. Ob allem Händwäsche, Schtrählen-und Bürschte het er die Inschrift agluegt und das het ihm d'Losung füre ganze Tag gä. De isch er de albe heiter und wohlgemuet uszoge-n-und het Glägeheit gsuecht, für i d'That umz'setze, was sys Härz bewegt het. Das het zwar syni Häägge gha, vowäge me het ds Bethli ghüetet wie-n-es Chronjuwel.

Vom Oberried gäge Mitternacht, öppe zwenhundert Schritt wyt, schteit so uf mene Rüppi vom Längebärg es schtattlechs schteinigs pavillon. – Me het däm d'gloriette gseit. – Vo dert het me-n-e schöni Ussicht uf ds Aarethal. A de schöne Summer- und Herbstnamittage sy ds Herr Vilbrechts dert ufe zoge-n-und sy gwöhnlech im pavillon blibe, bis der Schatte vo der Änglischbärgegg am Bälpberg ufegragget isch und mängisch, wenn's bsunders schön isch gsi, bis der Mond hinder Schloßwyl übere Tannewald gwundrig i ds Aarethal abegüggelet het, und me dür di schtilli, säligi Nacht ds Ruusche vo der Aare-n-a de Pfyler vo der Hunzikebrügg het möge ghöre. Der Ratsherr het gwöhnlech es Buech mitgnoh, d'Froue-n-e Häägglete-n-oder süscht es Ghürsch. Bis öppe-n-am drü het der Herr Vilbrecht im Egge-n-ufem divan gläse, café trunke-n-und albeneinisch e Pryse gnoh. Aber wenn de der Sigerischt z'Bälp het afah drü lüte, so het sech de ds ratsherrliche Houpt sanft füre gneigt, ds feiße Chini het im jabot es weichs Bettli gfunde, d'Ouge sy zuegfalle-n-und hei nümme gmerkt, daß ds Buech linggs und d'tabatière rächts abetrohlet isch. Nid sälte het's de es paar Minute schpäter d'Mama o gnoh, und de het de ds Chünigstöchterli zwüsche de schlafende Drache »zu Thal geschauet«. Sähnsuchtsvoll sy syni Blicke-n-um ds Ritters Burg im Schteinibach gschliche, und ganz harmlos het's es rots shawl a ds Gländer useghänkt; aber – der Gugger söll's näh, so gwüß als einisch der Ruedi das Füürzeiche gseh het und mit länge Schritte der Bärg uf cho isch, so isch e tüfelsüchtigi Surrfliege dem Ratsherr a d'Nase gschosse-n-oder der Mama i ds Ohr. Item di Alte hei eifach e kei gsunde Schlaf gha, und jedes mal het se der Ruedi wach gfunde. Was isch d'Folg dervo gsi? – Daß halt üse guete Ruedi de albe het müeße zueche sitze-n-und dem Ratsherr lose. Mängisch hei sech der Ruedi und ds Bethli schier hülflos jammerndi Blicke zuegworfe, us dene me het chönne läse: »du güetige Schtrousack, jitz faht das Gchähr wieder a!« Nie, nie het's welle glücke, daß die Zwen öppe-n-es ungschtörts Momäntli hätte chönne ha. Si hei viel Geduld gha, und der Ruedi het sech je länger, descht besser uf ds Lose verschtande. Aber einisch het er doch du müeße rede, öb er het welle-n-oder nid. Si sy uf di französische-n-Umtriebe cho z'rede; da mischlet sech ungfragt ds Bethli, das Gäxnäsi, i d'Politik und entpuppet sech als Anhängerin vo der Chriegspartei. Es het sech e luschtige Dischput zwüsche Vater und Tochter agschpunne, und jitz het der Ruedi mit syne-n-Ansichte-n-o nümme dörfe hinderem Zuun blybe und het d'Partei vom Bethli ergriffe. Der Ratsherr het d'Sach nid bös ufgnoh; aber wo-n-er du der Ydruck übercho het, der jung Herr Landorfer redi nid bloß us Galanterie der Chriegspartei z'bescht, het er hübscheli di anderi Saite-n-ufzoge. Für zwo Fliege mit eim Schlag z'fah, schickt er sys Töchterli hei i ds Hus für ga z'säge, der Herr Landorfer blybi de hütt zum z'Abe da. Mit Freude-n-isch ds Bethli abegschprunge, währed der Ruedi höflech danket, aber derzue dänkt het: »ach was, warum jitz grad hütt? Wo si du zsäme-n-allei gsi sy, het der Ratsherr sym junge Fründ afah der Schtandpunkt klar mache, wie unklueg das sygi, dem Chrieg ds Wort z'rede. D'Friedespartei wärdi de z'letscht doch obe-n-usschwinge-n-und de heige de d'Chriegsgurgle-n-ab-gwirtschaftet, bsunders wenn de öppe d'Franzose no öppis sötte mitz'rede ha. Dem Ruedi isch es je länger descht ungmüetlicher worde, und er het gschwige, wo-n-er nume chönne het. Ändlich het ihm der Ratsherr dütlech gä z'verschtah, vor allem us sött me-n-a di nächschti Amtsbsatzig dänke, süsch syg ihm de sys Meitschi daheim no lang rächt. Es isch Abe worde, d'Bärge hei glüejigrot i ds Land abegluegt, es chuels Lüftli het i ds pavillon ynegwäit und di beide Herre sy gäge ds Oberried abe, wo us der Äßschtube d'Lampe heimelig gwunke het. Aber dem Ruedi isch's gar nid heimelig z'Muet gsi, und wo unde, uf der Schtraß, e Hüeterbueb syni Chüe mit hällem Gloggeglüt heitribe het, isch's ihm gsi, wie wenn das ds Grabglüt vo syne Hoffnunge wär. Der Abe het a der Sachlag nüt g'än-deret. Im Gägeteil. Ganz betrüebt isch üse Fründ hei gange. Ersch wo-n-er vor em i ds Bettgah sy grüene-n-Ofe-n-aluegt, isch wieder e chly Glanz i syni Ouge cho.

Wo am andere Tag der Herr Vilbrecht mit sym ewige Jean Jacques underem Arm i d'gloriette-n-ufechunt, schteit bi sym Lieblingsplatz im Egge, mit chreftige Choleschtriche-n-a der Wand gschribe: «L'amour sera plus fort que les principes». – Er het bald errate, wär das chönnti gschribe ha und seit: »Hollah Bänz, so verschtande-n-i de das nid, non, non, jamais.« Uf der Schtell het der Köbi mit mene Gutscheschwumm ufe müeße, das Züüg ga abwäsche. Aber, gäb wie-n-er gwäsche het, abgange-n-isch nume d'Chole; aber öppis isch i Bschtuch ygchrizzet blibe, und das chönnt me-n-allwäg no hütt läse, wenn me gieng ga luege. Am Abe vo däm Tag het ds Bethli wieder Rägetröpfli gschläcket, aber heißi, bitteri, und nid i der Allee usse, sondere-n-us sym Chopfchüssi.

Ersch hindedry isch däm guete Ruedi z'Sinn cho, daß er mit syr Inschrift dem Herr Vilbrecht e-n Erklärung abgä heig, die wenigschtens für ne gwüssi Zyt der Verchehr unmüglech gmacht heig. So isch es nämlech cho. Nid nume mänge Tag, sondere-n-es paar Wuche sy verschtriche, ohni daß me sech gseh het, und di Ungwüßheit, wo uf beide Syte regiert het, het nah-ti-nah d'Luune-n-afah drücke. Hie-n-es Mäuggerli und dert e Trümel, das isch ds Präg vo de nächschte Wuche gsi.

Ändlech het's aber der Ruedi doch nümme bha. Scho hei d'Tage gchurzet, und der Näbel isch uf em Moos halbi Tage lang blybe lige.

Der Wald isch rot und röter worde, und scho het me da und dert a d'Herbschtzüglete-n-afah dänke. Da seit sech der Ruedi, er well doch wieder einisch ga luege, wie d'Sache schtande. Nume het er nid rächt gwüßt, wie's aschtelle.

Amene früsche Morge het der Papa im Oberried gseit, me söll ihm i syr Schtube-n-es Kaminfüür mache, es wärdi doch afange wohl chalt, und er müeß schrybe. Me het ihm währed dem déjeuner sy Schtube rangiert, und er isch ufe. Underdesse hei d'Mama und ds Bethli ds déjeuner abgwäsche, d'Mama isch hindere Lingesschaft grate, und ds Töchterli het im chlyne Salon am Fänschter afah näje. Dusse het d'Bise-n-um z'Hus ume pfiffe und ds gäle Loub us der Allee i luschtigem Wirbel zu de Herbschtzytlose-n-i d'Matte-n-usetreit. Trotz dem heiterblaue Himmel isch öppis Melancholisches im Wätter gläge. Und dinne, bim Bethli, isch o melancholisches Wätter gsi. Ab und zue het es d'Arbeit uf der Schoß la liege-n-und het zum Fänschter us gschtunnet. – Undereinisch schteits uf, leit ds Fürtech ab, geit i Gang use-n-und chunt mit dem Gartehuet uf em Chopf und mene Chörbli am Arm wieder yne, blybt schtah, lost e chly und – wutsch – isch es dür d'Glasthüre-n-us. Ume Husegge, düre Hof und hinder der Schüüre düre louft's der Bärg uf dür alli Matte. Flingg wie-n-es Gemschi geit's düre Wald uf, ohni lang uf d'Schpinnhuppele z'luege, wo no mit Toutröpfleni vo Boum zu Boum ghanget sy. Obe-n-im Wald isch e Blütti gsi mit wildem Brambeerigschtrüpp und ygfasset vo höche, schwarze Tanne. Dert isch im änere-n-Egge der Ruedi gschtande mit der Büchse-n-underem Arm und het düre Waldwäg usgluegt. Er het nüt gmerkt, und ds Bethli het agfange-n-es paar Brambeeri abrupfe-n-und dänkt, er wärd öppe de scho luege. Aber er het e kei Wank ta. Ga arede het's ne doch nid welle. Es het güggelet und güggelet, isch im Gschtrüpp ume gfahre, und geng het er nüt welle merke. Da chunt dem Bethli ändlech e Dornascht z'Hülf und chratzet ihn's am Arm. Es het's chuum gschpürt, aber es isch ihm Grunds gnue gsi für z'göisse: »Ai ai.« – Jitz wohl, jitz het er umegluegt und richtig dä wohlbekannt, schattig Gartehuet mit dem grüene Band drüber, zwüschem Gschtrüpp gseh sech bewege. Ohni sech lang z'bsinne, isch er dür d'Schtude-n-ab, und es isch ihm gsi, wie wenn's na vierwüchigem Rägewätter zum erschte Mal wieder e blaue Schranz i ds Gwülch gä hätti. Ds Bethli het ta, wi wenn's gar nüt merkti, het harmlos es chlys Bluetströpfli vo sym Arm abgschläcket und yfrig a de Brambeerischtude-n-ume zupft. Aber je näcker es d'Eschtli het ghört chräschle-n-und bräche, descht heißer sy-n-ihm d'Blutwälle-n-über ds Gsicht gloffe, und es het je länger, descht dütlecher ds Gfüehl gha, es heig öppis Lätzes gmacht, daß es da ufe sym Schatz nache gloffe syg. »Himmel,« het's z'letscht nume no dänkt, »wenn er mi jitz grad früeg?« – Da ghört's – nume no drei Schritt hinder sech – dem Ruedi sy hälli Schtimm: «Bonjour, Mademoiselle». Es chehrt sech um, gschpürt, wie-n-es über und über rot wird und antwortet ändlech mit verunglückter Verschtellung: Eh bonjour, syt Dir da?« – »He ja, i ha welle ga jage.« – »Und i sueche Brambeeri, mer wei morn gelée mache, und di tuusigs Beerichinder hei-n-is ganz im Schtich gla.« – »I ha-n-Ech so lang nüt meh gseh, i ha Längizyti na-n-Ech gha.« – »Eh, warum syt Der o nie meh cho?« – »Ja, wüsset-Der – gället, i ha chly öppis dumms gmacht?« – »Wieso?« – »O wo-n-i da i der gloriette-n-öppis a d'Wand gschribe ha.« – »Aha, ja ender.« – »Äbe, i ha's dänkt. Syt der höhn gsi über mi?« – »E chly scho, Dir hättet mer öppis chönne-n-erschpare-n-und Euch sälber o, wenn Der das underwäge gla hättet.« – »Und Eue Papa, isch er no höhn?« – Ohni e Ton vo sech z'gä, byßt sech ds Bethli uf d'Lippe, schlat syni dunkle-n-Ouge-n-uf und nickt mit em Chopf, wie wenn's wetti säge: »und wie!« – Wo-n-er nüt erwidert und nume so schtober i ds Gschtrüpp yne luegt, seit's ändlech: »Warum heit Der eigetlech das gmacht?« – »Ach, es het mi halt e so möge, i weiß sälber nid rächt.« Druuf het's es silentium gä. Der Ruedi het nid rächt gwüßt, was er us em Schwyge vom Bethli söll schließe. Es het ne dunkt, er sött das erschte glückleche Zsämeträffe nid nutzlos la verschtryche, und doch het er's nid rächt gwagt, los z'schieße. Es isch e qualvolle Momänt gsi für ihn, es isch ihm ganz äng worde-n-im Hals. Der Jumpfer Vilbrecht isch es bi däm Schwyge-n-o geng peinlicher worde, und si bückt sech afe, für Brambeeri abz'läse. Da fasset sech der Ruedi es Härz, er leit di linggi Hand uf ihri linggi Achsle-n-und fasset mit der rächte-n-ihre rächte-n-Arm, wie wenn er se wett ufha, und wo si sech ufrichtet, füürrot und mit Zittere, und vor sech abeluegt in Erwartung, daß es jitz öppis gäb, seit er schüüch und zärtlech: »Heit Der mi eigetlech e chly gärn, Elisabeth?« – »Ja – scho – aber . .« – Undereinisch chehrt si sech linggs um und git Päch, was gisch und was hesch, der Wald ab. Und der Ruedi schteit da und luegt und luegt und gseht ds

49

Bethli verschwinde-n-im Tannewald. Und einsam i der guldige, duftige Waldlücke schteit er da, einsam mit mene – zierleche Wydlichorb. Es het ne dunkt, jedes vo dene paar Brambeeri, wo drin gsi sy, lueg ne-n-a mit schwarze, glänzige-n-Ouge voll Schpott und Hohn. Ändlech git er däm arme Chorb e Schtups, daß er hushöch i d'Luft ufe flügt und d'Brambeeri i alli Windrichtunge fahre. Druf sitzt er am Bord ab, schtützt beidi Ellböge-n-uf d'Chneu und der Chopf i d'Händ, wie wenn er d'Ohre wett verha und schtuunet vor sech hi, gäge di dunkle Tanne, wo sy Schatz verschlunge hei. Vor ihm isch e Schwarm chlyni Bläulig umegflatteret. – Lang, lang isch er e so dagsässe. Ändlech seit er sech, es chönni eigetlech nid e so gmeint gsi sy, schteit uf und faht a Brambeeri abläse, und er het nid abgä, bis er der Chorb voll gha het. Derby het er dänkt, es syg allwäg gschyder, der Houpme Lombach gsej das nid, süsch seiti er gwüß, däm arme Ma syg nümme z'hälfe. Zwüsche-n-eis und zwen z'Mittag isch er gäge hei zue, a der gloriette vorby, und het dert sy Brambeerichorb ufe Tisch yne gschtellt.

Daheim het's ne-n-aber nit bha, er isch am Namittag wieder ga pirsche, und schtundelang het er chönne-n-a nere Tanne schtah und schtudiere, und geng isch er wieder uf ds glych Resultat cho, es chönni nid e so gmeint gsi sy, aber no zäche Mal dümmer als vorhär syg jedefalls d'Situation.

Ja, vercharret isch di Sach gsi, und zwar dasmal dür ds Bethlis Schuld. Es het nid mit klarer Überlegung ghandlet, wo-n-es im entscheidende Momänt dervo gschprunge-n-isch ; aber es dunkels Gfüehl het ihm gseit, es gäb öppis dumms, wo-n-äs nid ganz unschuldig wär dranne, vo wäge-n-es het dem Papa syni Bedingunge gkennt, und es het sech nid derfür gha, grad äxpräß dergäge-n-öppis az'richte. Drum isch es im letschte-n-Ougeblick us der Chlemmi use gschprunge. Aber jitz het ihn's doch der Gedanke-n-afah plage, öb's ächt nid der Ruedi i d'Verzwyflung gschtosse heig. Es het ganz guet gschpürt, wie gärn er ihn's het gha.

So sy si Beidi schtei-unglücklech gsi, hei Beidi niemerem nüt dörfe säge-n-und hei i sech ynegworgget, was se plaget het, bis e glückleche Zuefall ne wieder ufghulfe het.

Am erschte Sunntig vom Wintermonet isch me no einisch ga Bälp z'Predig. Für allne Verlägeheite-n-usz'wyche, het der Ruedi uf em

Predigwäg hinder mene Boum gwartet bis d'Familie Vilbrecht vom Oberried abe cho und im Dorf verschwunde gsi isch. Grad mit em Verlüte-n-isch er i d'Chilche cho. Gäge sy Gwohnheit isch er uf d'Portloube näbe d'Orgele ga sitze-n-und het mitts zwüsche der Dorfjuged Platz gnoh. No nie het der Pfarrer ihm so zum Härz gredt, wie hütt, wo-n-er sy Gmeind ermahnet het, »uf em dornevolle Pfad des Läbes unentwägt fort zue wandle-n-und vom einmal gefaßte, guete-n-Etschluße durch keine Widerwärtigkeite-n-und Unbilde sich abbringe zue lasse.« Natürlech isch das vor allem uf ds geischtlech Läbe gmünzt gsi; aber der Möntsch macht d'Nutzanwändung gärn uf das, was ihm grad z'oberscht uf em Härz liegt. Wenn der Ruedi hütt scho hätti welle tiefer grabe, er hätt nid chönne, vowäge, wo der Pfarrer juscht am wermschte worde-n-isch, da isch dür ds höche Fänschter e grälle, breite Sunneschtrahl i d'Chilche gfalle, grad vor der Chanzle düre-n-i ds Froueschiff, und het dert e liebi, reizendi Gschtalt mit hällem Himmelsliecht überschüttet. Geng und geng wieder het üse Fründ müesse luege, und i syne Gedanke het d'Phantasie afah wäbe, Bild um Bild us nere herrleche Zuekunft. Es het ne dunkt, er müeß vom Lättner abeflüge-n-und mit sym härzige Schatz i däm Sunneflimmer use flüge, furt, furt, über e Bälpberg, über e Thunersee, ufe, i-n-es Land voll unverkümmereter Säligkeit. Er het sech fey müesse-n-ebha, nid Lut z'gä. Aber bhüetis, zur rächte Zyt het ihm der Sigerischt i di nüechteri Würklechkeit z'rückghulfe, indäm er uf ne Wink vom Schloßherr, wo geng wieder erwachet isch, es schitters grüens Umhängli fürezoge het. Ja, so-n-es fadeschynigs Umhängli isch mängisch scho dick gnue, für Himmel und Ärde z'scheide.

D'Predig het nümme lang duuret, und der Sägesschpruch het ds Zeiche zum Ufbruch gä. Na gueter, alter Sitte-n-isch ds Mannevolk im Schiff und im Chor blybe schtah, bis ds letscht Froueli über d'Schwelle gsi isch. Nume die vo der Portloube sy ungeduldig di hölzigi Schtäge-n-ab troglet. Gnützt het's ne nüt, wäge di Vorderschte hei doch unde-n-uf der Schtäge, wo si i ds Schiff usmündet, müesse blybe schtah. Dür di Burebuebe düre het sech der jung Herr Landorfer füredrückt, bis er uf em underschte Tritt gschtande-n-isch. Und nit lang het er gwartet, so isch im Zug vo de Froue dahär cho, was er gsuecht het. Nume-n-e Blick het er welle, für z'erfahre, wora-n-er syg. Und er het nid vergäblech ghoffet. Im Verbygah het

51

d'Jumpfer Elisabeth umegluegt, nume-n-e Schtreifblick het si-n-ihm gä; aber das isch gnueg gsi, für d'Ungwüßheit vo de vergangene Wuche mache z'verschwinde. »So tuet es Meitschi nid,« het er dänkt, »wo öpperem uswäg wott.« Aber es isch no besser cho. Me het e Bitz wyt der glych Heiwäg gha, und di beidsytige-n-Eltere hei ja nüt gwüßt vo der Gschicht mit dem Brambeerichorb. Drum het me sech ganz harmlos begrüeßt, und der Herr Vilbrecht het sogar der Ruedi rächt artig agredt und gseit: «Eh, il y a longtemps que nous nous sommes vus». Es paar peinlechi Asätz sy bald überwunde gsi, und me het nume beduuret, daß der Wäg nid länger gsi isch. Item, der Ruedi und ds Bethli hei dem Himmel danket, daß si ds Trom wieder gfunde hei und es Jedes het sech vorgnoh, künftighi rächt vorsichtig z'blybe.

5.
Hümpängäng. D'Tante Salzschrybere fahrt nach Ängiland, und ds Gattung macht dem Köbi Compresses.

Der Winter isch cho, me isch wieder i d'Schtadt züglet, und das het's mit sech bracht, daß me-n-enandere wieder meh gseh het. Aber dermit isch e neui Gfahr uftouchet. So lang me-n-uf em Land gsi isch, het me gar gärn mit de wenige Nachbare vorlieb gnoh. Dir chönnet ech aber dänke, daß es Töchterli vo der Art wie d'Jumpfer Vilbrecht nüt deschtweniger de Galanteriee vo de Schtadtherre zuegänglech blibe-n-isch. Da het's du für e Ruedi gulte, ufem quivive z'sy, und er isch mängisch ghänslet worde vo syne Kamerade, wo ne hei welle-n-yfersüchtig mache.

Churz vor Wienachte het's e größeri fête gä bim Herr Früschig a der Junkeregaß. Mit großem Jubel het d'Juged d'Loosung vernoh: «on dansera». Me het's als nes guets Zeiche für d'saison agluegt, daß sie ihre-n-Afang grad dert het chönne näh. D'Jumpfer Vilbrecht het sech gfreut wie-n-es Chind; sie het schier nümme chönne schlafe, und so isch's no mängem Töchterli gange. Isch es öppe nit hüttigs Tags no so? Freue tüe si sech alli. Es Jedes bouet in aller Schtilli es Luftschlößli uf, syg es fêtiert oder nid. Aber a de-n-Einte zehrt de zuglych die gheimi Angscht vor em Verbändle. Wär weiß, mängs lehrt sogar vor mene Ball no bätte? Di andere frylech, wo ds carnet scho voll hei, gäb si numme d'Zyt gfunde hei, der Frou Schpittelyziehere der pflichtschuldig Knix ga z'mache, näme d'Sach e chly liechter. He nu, üsi Jumpfer Elisabeth het emel zu dene ghört, die sech nid hei bruuche z'plage.

Der groß Abe-n-isch cho. Papa, Mama und Tochter sy schön gsi, wie no sälte. D'Gutsche het se-n-i Hof gfüehrt. A der Vestibuletür het me d'Familie-n-use-n-andere grisse. E Chammerdiener het der Ratsherr d'Schtäge-n-uf i d'Herre-Garderobe gwise, und es Meitli i-n-ere wyße Hube het d'Mama und d'Tochter rächts unde-n-i d'Dame-Garderobe gfüehrt. Dert het me sech drü mal rächts und drü mal linggs umdräit vor em große Schpiegel, d'paniers zwägzupft, e ghörigi Dosis Puder über d'Haar tüpft und sech gägesytig gmuschteret für di bevorschtehendi Schlacht. E Mama isch dert gsi mit drüne Töchterli, ds Bethli het im Schtille d'Vorsähung prise, daß sie ihns nid i der Familie het la uf d'Wält cho, vowäge die Mama het tha, wie ne-n-alte Schtadtsergeant vor der Parade. Böx und Müpf het sie usteilt und grangiert und gmacht. Aber usgseh hei ihri Meitscheni wie Fygeludi.

Üses Bethli het sech o dörfe la gseh i syr neue saumon-toilette, potz tuusig! D'Syde het bocket, wie wenn's Bläch wär gsi. Wo die Froue wieder i ds Vestibule cho sy, het der Papa scho uf se gwartet und me het der Ufmarsch rangiert. Vora isch d'Mama gruuschet, schtolz wie ne Schwan; hinder ihre-n-isch ds Bethli cho, und der Papa het di sicheri Nachhuet bildet. Der Chammerdiener het d'Flügeltüre-n-uf-gschtoße, und me-n-isch yne, i d'Arena.

Schpiegelglatt sy d'Bodechrüz g'wichset gsi. Der Chronlüüchter und d'appliques a de Wänd mit ihrne viele Cherze hei gwettyferet mit de candelabres vor de Schpiegle, für dä Saal mache z'schtrahle wie-n-e Chrischtallpalascht. Der ganz Ruum isch erfüllt gsi vom herrlichschte Veieliparfum, – mh-äh! Glanz und Duft hei di ganzi Gsellschaft umgä. Aber ds wärtvollschte für die ganzi fête isch doch die früschheiteri Schtimmung gsi, wo uf de Gsichter vo der ganze junge Wält glüüchtet het. Me het nes gönnt, und der Widerschyn vo der jugedleche Luscht het o uf de Gsichter vo de-n-Alte der Usdruck e chly möge-n-erheitere. Me het wenigschtens für ne-n-Ougeblick der politisch Mißton überhört, wo sünscht i dene Tage die ganzi Gsellschaft z'Bärn dürzitteret het.

He nu, üses Töchterli het sy entrée gmacht, und mit ihm isch es neus Schtärnli a däm Himmel vo harmloser Freud ufgange. D'Gaschtgäberin isch uf ihn's zuegschtüüret und het ihm dür ihri schier chüniglechi Huld grad d'Schüchi vertribe. Es het o Gnad gfunde vor em Herr Früschig und vor em Herr Schultheiß sälber, dä uf ne-n-Ougeblick a der soirée erschine-n-isch. Aber es isch nid lang zwüsche de-n-Alte blybe schtah. Die junge Herre, wo mit ihrne dünne Wade-n-und längi Frackschööße zwüsche de Töchtere-n-ume gscharwänzlet sy und zäberlet und komplimäntiert hei, hei sech o gar bald hinder ds Bethli gmacht, und es isch der ganz Abe nie i Verlägeheit cho.

Je länger, descht bunter und läbiger isch me dürenandere gschwärmt. Erscht, wo im lingge-n-Egge hinde, hinderem Schpinet d'Gyge vo der Jumpfer Nüechtiger het afah yzieh wie-n-es Chind i der coqueluche, isch e gwüssi Ornig i d'Gsellscheft cho. Zu beide Längssyte vom Saal het sech d'Juged rangiert, uf der einte d'Töchtere, uf der andere d'Herre. Im zwente Glied sy di Alte gschtande, und d'lorgnettes hei afah blitze.

Der Herr Jolicœur het ufem Schpinet es paar Akkörd agschlage: »hümpängäng – hümpängäng«, d'Jumpfer Nüechtiger het agschtriche: »gy – gy – wyße – Wy« und der Klarinettischt Lürlimeyer het düderlet: »nume für e Gluscht – nume für e Gluscht«, und z'letscht het der Baßgyger Bilang afah brummle: »gsung, gsung – wart no ne Rung«. Wo si im Greis gsi sy, het's gar prächtig tönt: »hümpängäng – hümpängäng – Wy – Wy – Wy – nume für e Gluscht – gsung – wart no ne Rung, gsung – hümpängäng . . . .« und so wyters. Nume, wenn öppe d'Musikante hei e Chammerdiener mit mene cabaret voll Gleser gseh düre schnusse, so het's es unwillkürlechs ritardando und Taktschtörunge gä. Aber de het d'Jumpfer Nüechtiger dem Herr Jolicœur mit dem Boge-n-eis über d'Finger zwickt und mit ihrem breite Fueß dem Herr Lürlimeyer der Takt i d'Hüehnerouge trappet.

Na de révérances het sech vo beidne Syte d'Juged zu ne-re contredanse i Bewegung gsetzt. – O, das hätte dir sölle gseh. So öppis vo Anmuet und Grazie findt me nid bald. Uf e Takt hei sech linggs acht schöni, rundlechi Damefüeßli i elegante Schüeleni und sydige Strümpfleni mit Löchlisöum uf der Syte füre gschtreckt, acht möhrig frisierte, pudereti Chöpfli hei sech coquett uf d'Syte gleit, d'Händ mit usgschpreitete Chly-Fingerli hei d'paniers mit Duume-n-und Zeigfinger agfasset und sy, wie am Drähtli zoge-n-und doch so frank und liecht, füre gümperlet, und uf der andere Syte sy acht glänzigi Schuehschnalle füre cho, acht schön gwachseni, schlanki cavaliers sy vormarschiert. Di Alte hei sech schier d'Ouge-n-usgluegt. Der Herr Bouherr het zu syr Nachbarin gseit: «c'est pourtant trop dommage qu'on ne puisse pas rester jeune.» Im Egge näbem Ofe-n-isch e-n-alte Herr gsässe. Dä het o gluegt und gluegt. Aber i syne-n-Ouge-n-isch öppis Wehmüetigs gsi. Er het schier müsse ds Briegge verha, und doch hätt' er nid chönne säge, warum.

Wär weiß, villicht het dä gseh, daß ds Sägessemannli z'oberscht uf der pendule, wo sünsch nie es Glied rüehrt, im Takt zur Musik Cabriole gmacht und sy möschigi Sägesse gschwunge het. – Ja, ja, denn het niemer dänkt, daß vier Monet schpäter drei vo dene cavaliers und no-n-es paar vo de-n-alte Herre-n-im zweute Glied chrydewyß hinderem Grauholz im Gras würde lige.

Nu, mer wei jitz o nid a ds Truurige dänke, wo doch no i der Ferni gläge-n-isch. Schöner und gäng schöner het di heiteri Luscht ihres fürschtleche Regimänt gfüehrt, und, je meh sech di eltere Herre-n-i d'Näbedschtube zum Dampe zrückzoge hei, descht ungenierter het im Saal d'Freud gwaltet.

Pärse sy am sälbe-n-Abe-n-o der Ruedi Landorfer und d'Jumpfer Vilbrecht underem gägesytige charme gschtande. Aber dir müeßet nid vergässe, daß si no lang nid da aglanget gsi sy, wo me-n-uf-hört, d'Wält gseh, will me vom Schatz-a-luege schier blind worde-n-isch. Är frylech scho. Aber d'Jumpfer Elisabeth het i volle Züge-n-ihri Fêtiertheit gnosse. E jede cavalier, wo gwüßt het, sech zueche z'mache, het ihri lüüchtendi Luscht dörfe mitempfinde. Ja, es isch e so um se här gange, daß dem Ruedi mängisch es schwärs Unbehage-n-über-e Mage gschtriche-n-isch. Es isch ihm e so z'Muet gsi ungfähr wie amene Dichter, wo mueß zueluege, wie sech ds Publikum ob nere-n-Idee freut, die-n-ihm en-andere gschtohle het und usbütet. Er isch zwar e fürsichtige Fäldherr gsi i däm Fäld, vowäge-n-er het sech der Schlüssel vo syr Schtellung, ds souper mit sym Schatz, scho gsicheret gha und nid weniger di rückwärtige Verbindunge, das heißt di divärse Tante-n-und cousines und so wyters. Aber begryfet, e Sieg in offener Fäldschlacht isch doch gäng idealer als so ne verchnorzete Feschtungschrieg, wenn er scho meh chances bietet. Und de cha me nie wüsse. Lueget, es chehrt sech mängisch, me weiß nid wie. Und wie gschwind isch e so öppis verchachlet!

Er het's o müeße-n-erfahre, üse liebe Held. Eini vo dene rückwärtige Verbindunge-n-isch d'Frou Salzchammerschrybere gsi, e wärtvolli Tante vom Bethli. Si het sehr viel z'säge gha i der Familie. Ihre Ma isch ougeblicklech z'Bex gsi i Gschäfte, und si het sech descht meh amüsiert a däm Ball. Der Ruedi het se juscht zu mene Rundtanz engagiert gha und het se zum gaudium vo de Junge be-huetsam wie ne café-Röschter umedräit. Si isch nämlech dick gsi wie-n-es

Hundertmaßfaß, und i der Verwandtschaft het me-n-ere nume »Tante Salzbütti« gseit.

Me het scho sy Ufmerksamkeit wieder andere Ziele zuegwändet und het der Ruedi ungschtört im Schweiß synes Angesichts la sy Bütti umetrülle, da ghört me-n-eine vo de junge Herre säge: «eh, regardez donc là, qu'est-ce qui roule là sur le parquet?» Und im glyche Momänt het öpper öppis vom Bode-n-uf, und das isch e-n Absatz gsi vo mene nid grad elegante Dameschueh. Vis-à-vis het me d'Frou Salzbütti bleich i-n-es canapé gseh sinke. – »Was het si?« – »Was isch, Qu'est-ce qu'il s'est passé?« het me z'ringsetum g'chüschelet. Di tuusigs Meitscheni hei hinder ihrne Lufter glachet, währeddäm sech d'Gaschtgäberin und anderi Froue der Tante Salzbütti zu Füeße gschtürzt hei. – «Mais qu'est-ce qu'elle a? O, elle s'est foulé le pied.» Währeddäm me di Verunglückti vom Kampfplatz i d'Garderobe gwälzt het, het d'Jumpfer Nüechtiger mit Energie ihri Heerschare zu neuer Arbeit tribe, und »hümpängäng – hümpängäng – gsung – gsung – wy – wy – nume für e Gluscht – hümpängäng« isch es luschtig wyter gange.

Jitz wei mer se-n-e chly la gumpe-n-und luege, was i der Garderobe vor sech gange-n-isch. D'Frou Salzschrybere-n-isch halb ohnmächtig uf mene fauteuil gsässe; d'Frou Gaschtgäbere het ere-n-es Fläschli vo der beschte-n-Eau de Cologne-n-under d'Nase gha, und e Zofe het ere der Schueh abzoge. Der Fueß isch gschwulle gsi, und me het gschtürmt vo Bluetsuger und andere Mittel. Aber wolle! Wo di Zofe het der Chranke welle der Schtrumpf abzieh, het si ufgöißet und se-n-abrüelet: «Qu'est-ce que vous voulez? Laissez moi donc tranquille.» «Il faudrait chercher le médecin» het d'Frou Gaschtgäbere gmeint, »es gieng allwäg scho Eine vo dene Herre der Herr Dokter Chnuuschti ga reiche, nid?« – »E pärse,« het der Ruedi a der halb offene Türe g'antwortet, »söll i gah?« «Mais qu'est-ce que vous pensez, i cha dä Horror nit gseh,« het d'Frou Salzbütti lamäntiert, «je rentre». «Mais vous ne pouvez donc pas marcher, ma pauvre amie, eh loset, Herr Landorfer, säget doch dem Chrischte, er söll d'portechaise rüschte; das wird ds Beschte sy.« Der Ruedi isch der Ufforderung vo der Frou Früschig uf der Schtell nachecho und isch i ds office gschtürmt. Dert hei juschtemänt der Chrischte-n-und ds Herr Vilbrechts Köbi e Fläsche Clos-du-Rocher grettet gha und s'het Gattig gmacht, es syg nid di erschti gsi, wo si a däm Abe mit de-n-andere livrée-Brüeder bodiget heige. Me cha sech dänke, wie ungläge dene Herre Gutschner und Bediente der Uftrag cho isch, d'Frou Salzschrybere hei z'zügle, a d'Inselgaß ufe, bi däm früsch gfallene Schnee. Der Chrischte het es Gsicht gmacht, wie wenn me-n-ihm e Purgaz zuegmuetet hätti und het öppis afah schtürme. Aber der Ruedi isch ihm churz i ds Wort gfalle mit der Frag:»jä, weit Der lieber aschpanne-n-und se-n-ufefüehre?« – »Nei, gnädige Herr, das de wäger nid, das cha me nid, gwüß nid.« – »In nu, so traget se halt; aber machet e chly gleitig, hü! Lagschoue, machet nid e so-n-es schüzlechs Heft, Chrischte, si wird Ech de öppe schon-n-es Trinkgäld gä. Allons!« Ersch das vom Trinkgäld het der Chrischte bewoge, e chly fürers z'mache. Er isch mit em Köbi i ds remise gange, und dert hei si sech du Luft gmacht. Der Köbi het agfange-n-und brummlet:»Schtärnstuusig D . . . . ., wenn i gwüßt hätt, daß me Die no müeßt dert uche fergge, i wär my tüüri – hockebode – hinecht i ds Näscht gläge-n-u hätti gseit, i heig Gringweh.« Der Chrischte het uf Alls ufe sech no i der Chuchi müeße vo de Meitleni la necke, wo-n-er dert isch ga d'Latärne-n-azünte. Es isch fey es Zytli gange, bis si ihri Sänfte bis vor d'Hoftüre bracht hei. Me het d'Frou Salzbütti ynegschoppet mit mene chauffe-pieds und mängem shawle-n-und allerhand Chüsseni. D'portechaise isch ganz usgfüllt gsi. Ändlich het me ds Türli zuegschletzt. Der Chrischte het vorne-n'agfasset und der Köbi hinde.»Hesch?« het der Köbi gseit, und »hupp – aeh« het der Chrischte gjammeret, und langsam, wie-n-es Frachtschiff, isch der Transport düre Gang i d'Loube-n-use. Wo der Ratsherr Vilbrecht gseht, wie di Gschicht i Plamp chunt, seit er: «il faut qu'un de ces jeunes Messieurs se charge de l'accompagner» und het dem Herr Ruedi e Blick zuegworfe, wie ne nume-n-e-n-angähnde Schwiegervater cha thue. Jitz het dä arm Ruedi o-n-es Gsicht gmacht, wie wenn er e fuuscht-große, füürige Härdöpfel a eim Bitz gschlückt hätti. «Eh bien j'irai» het er gseit, het d'Töubi i sy Mage-n-abegworgget und der Mantel umghänkt und isch gange.

Wo-n-er obe-n-a d'Loube cho isch, isch er blybe schtah und het däm Kondukt nache gluegt. Da het er undereinisch d'Töubi vergässe-n-und het alli Gredi use müesse lache. Jede Momänt, het er gmeint, müeß di ganzi Paschtete sytlige-n-i Schnee usetrohle.»Di Gschicht ga z'säme z'läse begähre-n-i eigetlich de nid,« het er zue sech gseit, und zuglych isch ihm i Sinn cho, ds souper chönnti jitz de nache sy – und de ds Bethli? Grad umchehre het er o nid rächt dörfe. Aber z'letscht het doch der Schatz d'Oberhand übercho, und er isch ume der soirée zuegschtüüret. Er het dänkt, der Ratsherr wärdi wohl i der Näbedschtube dampe-n-und s' nit grad merke, wenn är wieder yne chömi.

Aber i dänke, n-euch wärd's doch wunder näh, wi di Frou Salzschrybere hei cho isch. Jä nu, so loset!

Di armi Hutte-n-isch scho obe-n-a der Juukere-gaß i ne liechti Ohnmacht gfalle-n-und het i ihrer Drucke troumet, si sygi z'Ostende-n-i-n-es Schiff ygschtige-n-und fahri bi förchtrlechem Schturm nach Ängiland.

Halbwägs, a der Chilchgaß, seit der Chrischte: »Wart e chly, es früürt mi a d'Finger« und schtellt ab. Dem Köbi isch es o rächt gsi z'verschnuufe. Chuum hei si abgschtellt gha, so sitzt der Chrischten-uf di einti Tragschtange, die chlepft, und der Chrischte sitzt im Schnee. – »Eh ds D.....,« meint der Köbi, »was machsch, du Löl?« – Was seu mer jitz?« Der Chrischte-n-isch ufgschtande-n-und het di brocheni Schtange-n-agluegt und nid gwüßt, was säge. Ändlech meint er: »Wei mer se-n-usela?« »U de?« fragt der Köbi. Kei Möntsch weiß, wie lang di beide Trappeni no da gwärweiset hätte, wenn nid grad der Nachtwächter Schlarpenegger mit Schpieß und Latärne derhär cho wäri. »Was mueß das gä da?« het er se-n-agräblet. »He was ächt,« seit der Chrischte, »ds Stangli isch is verheit. Gib du mer dy Schpieß zum düreschtecke.« – »Ja gäu, daß d'mer ne de o no verheisch,« meint der Schlarpenegger, und na öppe vier Minute, währed dene di drei Manne, ohni öppis z'säge, der Schade betrachtet hei, fahrt er furt: »Nei, aber, wenn d'mit mer hei chunsch, su wiu der es angers gä, i wüßt no-n-es schtyfs ame-n-Ort.« Die Hülf isch pärse dene beide rächt gsi, und si hei d'Sänfte la schtah und sy dervo trappet. »Jä, eine sött däich dablybe,« meint der Köbi. »E, wär wett o die chätzers Chniepe schtähle?« schnauet der Chrischte, »weder äbe, me weiß nid, was se no achunt u derna hieß es de glych, me heigi nid gluegt. Su blyb du by-re, Köbi.« – »Aber de löjt mi de nid da schtah bis zum jüngschte Tag.« »Nihnih,« het der Nachtwächter brummlet, und di beide sy dem Boväxtöri zuegschtüüret. Der Schlarpenegger isch am Tag Gärtner gsi und het a der Junkeregaßhalde gwohnt. Der Köbi het's dunkt, si mache gar schuderhaft lang und het Chummer übercho, er chönnt de no yschlafe-n-und erfrüüre. Er isch im Schnee ufe-n-und abetrappet, bis daß er Lüt het ghört d'Loube-n-ab cho. Es isch es Päärli gsi, wo jedefalls von-ere-n-andere soirée heicho isch. Dene Lüt isch di Sänfte grad ufgfalle, wo da so einsam mitts uf der Gaß gschtande-n-isch. Si sy zueche cho, und der Köbi het uf der Schtell der Dokter Chnuuschti möge-n-erchenne. Er het ihm erzellt, was gange sygi, und der Herr Dokter, wo gar e gwüssehafte Ma gsi isch, het gseit: »Ja die cha me nid e so la schtah hie.« (Er het richtig im Schtille dänkt, er nähm di Chranki lieber grad zue sech yne – er het a der Chilchgaß gwohnt – als daß er de i-n-ere Schtund wieder ufgschprängt wärdi und no einisch düre Schnee öppehi müessi. Begryfet, es isch ds sältmal z'Bärn no nid hinder jedem Abwys-Schtei e Medizinprofässer gschtande.) – »Loset Mano, ganget Dir de zu ds Herr Salzschrybers ga lüte-n-und ga säge, i heigi d'Frou Schrybere zu mir über Nacht gnoh.« Dem Köbi isch natürlech alles rächt gsi, wenn er nume sy Lascht los worde-n-isch. Der Dokter und sy Frou hei d'Tante Salzbütti us ihrer Chesi usebüret und se-n-i ihres Hus gnoh. Si het gar nid rächt gwüßt, was mit ere geit und het gmeint, ihres Gattung tüej se-n-i ds Bett.

Sobald der Dokter d'Hustür hinder sech zue ta het, isch der Köbi i d'Sänfte gschloffe-n-und het sech's la wohl sy. Jitz schticht ne ds Güegi, und er dänkt, wie's wär, wenn er nüt der glyche tät und sech ließ la d'Schtadt uftrage. Das lüüchtet ihm y; er mummelet sech i alli shawles y und het sech müüslischtill. – Ändlech, ändlech chöme di beide-n-Andere-n-ume mit ihrer Schtange. Wo si aber niene kei Köbi gseh, fah si beidi afah flueche-n-über ihn, was ds Züüg het möge verlyde. »Däm d . . . . . . Kärli wei mer's de scho reise,« hei si gseit. Der Köbi het du aber Angscht übercho, si chönnte doch no öppis merke, und pöpperlet a d'Fänschterschybe-n-und seit mit dem höchschte Schtimmli, wo-n-er z'wäg bracht het: «Allons, allons, dépéchez-vous.»

Das het ne du Bei gmacht. Der Chrischte-n-isch mit em Schlarpenegger um ne Schoppe-n-eis worde, er söll ihm hälfe trage. Si hei sech ygschtellt und der Köbi d'Schtadt uftreit. Der Köbi het schier Mageweh übercho, will er gäng ds Lache het müeße verha.

Der Transport isch das mal e chly gleitiger vor sech gange, vowäge-n-es isch jitz nume-no Eine vo de Treger voll gsi, und dä het doch no sövel Verschtand gha, daß er sech gseit het, si heige-n-e chly lang zaagget mit däm Schtangli und das chönnti am Änd schädlech uf ds Trinkgäld ywürke. Drum het der Chrischte brav uszoge, und der Nachtwächter het müeße luege, wie-n-er nachechöm, göb was er het z'byschte gha. So sy si emel no bald a der Inselgaß aglanget vor em Hus, wo d'Frou Salzschrybere gwohnt het. Si hei abgschtellt und der Chrischte-n-isch gah lüte. Na mene Chehrli isch überobe-n-es Fänschter ufgange, und ds Gattung, wo bi der Dienerschaft z'Bärn als nes fromms Meitli isch gsi, het abegrüeft: »Wär lütet jitz no so schpät?« – »Chum nume cho luege,« antwortet der Chrischte, »du chasch de Gumprässe mache bis am Morge.« Ds Gattung het öppis Chrumms g'ahnet und isch abe cho. Es het juscht di dreicherzigi Visitelatärne-n-azüntet gha, für sy Herrschaft ga z'reiche. Und mit där Prachtslatärne-n-isch es jitz vor d'Hustür cho. »Dy Alti het sech der Scheiche gwirset abem Tanze,« het ihm der Chrischte vertroulech erklärt. »Eh aber nei, das wird öppe nid sy, het jitz die no müesse ga tanze? Es isch mer de no gsi, es syg öppis nid guets i der Luft, wo si furt isch dä Abe,« seit ds Gattung und schtellt sy Latärne-n-uf e-n-underschte Tritt vor der Hustür und macht sech a d'Sänftetür. Linggs und rächts vo-n-ihm sy di beide Treger gschtande, wie wenn e Jede hätt angscht gha, der Ander chönnt ihm ds Trinkgäld vor e wäg schtibitze. Ds Gattung het ds Türli ufta, und uf däm Bärg vo Chüsseni und shawles het öppis gsühnet und gschtöhnet, aber grüehrt het sech nüt. »Eh aber, aber...,« meint ds Gattung und schtreckt der Chopf i d'Sänfte. Da verwütscht's vo mene chratzige Muul es härzhafts Müntschi, fahrt mit mene grüsleche Göiß z'rück und schtürchlet hindertsi übere Trottoirrand und, gäb wie der Schlarpenegger brüelet het: »lue, lue, lue, lue, lue, wo d'hockisch,« pürzlet's um und sitzt mit sym ganze Gwicht uf di schöni Latärne. Die het g'chrachet und alli drei Cherze sy verlösche. Währeddäm der Köbi us der Sänfte schnagget, schteit ds Gattung uf, nimmt di verdrückti Latärne, schießt wie usere Büchse-n-ufe Schlarpenegger los, wo no mit offenem Muul da gschtande-n-isch, und hout ihm mit der Latärne-n-eis übere Chopf yne, daß d'Glasschärbe-n-umenand gfloge sy. Aber es zwöits Mal het er nid dargha. Er isch uf und dervo, und i sym Chlupf het er nid g'achtet, daß es Grebli zwäris über d'Gaß gange-n-isch. Da isch er drüber

61

trohlet, daß er no zäche Schritt wyt büüchlige düre Schnee us zybet isch. Nache-n-isch er im Fyschtere verschwunde. Der Chrischte het sech hinder d'Sänfte verzoge, und der Köbi het dervor sech g'chrümmt, mit beidne Hände-n-uf syni Chneu brätschet und uflätig glachet: »äh-hä-hä-hä-hä.« Aber nit lang. Wie-n-es Windschpiel het ds Gattung sech g'chehrt und – flatsch – het er e Chlapf uf sym breite Muul gha, daß es im Gärberegrabe-n-es Echo gä het. »Da hesch dyni Gompresse, du Uflat,« het ds Gattung g'chüüchet. Und der Chrischte het hinder der Sänfte füre glüüßlet und gseit: »wou, Mäu, du gisch Brot.« Druuf het ds Gattung sy Latärne gnoh und sech mit Schluchze-n-i Husgang zrückzoge. Chuum het es d'Hustüre hinder sech zuegschletzt gha, chunt dem Köbi i Sinn, was er hätti sölle vom Dokter usrichte. »Gattung,« rüeft er, »Gattung! – Los, i mueß der no öppis säge – Gattung!« Aber usem Hus het me nume no öppis ghört vo »Schnuderbuebe«, und um kei Prys hätti me ds Gattung wieder use glöckt. Jitz het der Köbi die ganzi Gschicht no dem Chrischte müesse-n-erkläre. Wenn der Chrischte-n-im Schtand gsi wär', d'Sänfte-n-alleini hei z'trage, su hätt er's gwüß gmacht, vowäge dem Köbi het er's nümme g'gönnt, no einisch i ds office cho Gleser und Fläsche z'lääre. Item, si sy emel du wieder hei, und der Chrischte het sech mit dem Gedanke tröschtet, daß er dem Schlarpenegger e kei Schoppe heig müesse zahle.

Und jitz üse guete Ruedi! Dä isch also wieder i d'soirée zrückgange. Z'erscht isch er vorsichtig ga schpioniere, wo der Ratsherr sygi und het gmerkt, daß er mit de-n-Alte-n-im chlyne Salon isch gsässe, wo me-n-yfrig politisiert het. »Das wär guet,« het er dänkt und geit gäge ds große Salon, wo grad e Tanzpouse-n-isch gsi. Aber o wetsch! Wo-n-er juscht yne wott, geit d'Türe wyt uf und di ganzi Juged chunt im Zug use, für sech im Hinderhus a ds souper z'mache, und z'hinderscht geit am Arm vomene Herr, dä sünsch gar nit beliebt gsi isch, d'Jumpfer Elisabeth. Der Ruedi fahrt z'rück und wott i ds Herre-Salon flieh, damit si ne nid gsey; aber wie-n-er düre Gang rönnt, chunt ihm d'Frou Gaschtgäbere-n-i Wäg und redt ne gar fründlech a: «Eh mon cher, vous arrivez trop tard. Je vous remercie infiniment de votre amabilité. Assistez donc maintenant avec moi au souper.» Die Ehr het me natürlech nit dörfe-n-usschla, und dä arm Gügger het sech gluegt z'fasse-n-und isch gange, wie-n-es Schaf zur Schlachtbank. Si sy zsäme düre Gang hindere-n-und i d'Äßschtube. Si hei sech a-n-es chlys Tischli gsetzt und hei sech la serviere. Aber g'ässe-n-isch dert nit viel worde, vowäge d'Frou Früschig het wie ne Fäldherr ds service beobachtet und isch all' Ougeblicke ufgschosse, hie und dert öppis ga befähle, und der Herr Ruedi het gar e kei Appetit gha und verschtürmt usgseh. Vo Zyt zu Zyt het er uf sy's Gilet abegluegt, wie wenn er wett luege, öb's no keini Löcher heig. Ja wolle, das hätti schier chönne Löcher gä vo dene Blicke, wo ds Bethli übere gschosse het. Und dem Bethli sy Cavalier, wo sech schier töt het, für ne-n-interessanti Konversation a z'bändle, isch nachhär daheim ga erzelle, die Jumpfer Elisabeth syg neue-n-e längwyligi Gsellschaftere.

Es settigs souper het der Ruedi no nie düregmacht.

Underdesse-n-isch es im Herre-Salon läbig zuegange. Daß es nid ganz ohni Gwitter wärd abloufe, hätti e-n-ufmerksame Beobachter scho chönne prophezeie, wo der Ratsherr i Saal cho isch, vowäge di Blicke, wo elteri Herre-n-uf ihn gworfe hei, hei nüt guets verheisse. Und richtig, nid lang nadäm der Ratsherr im chlyne Salon sech niedergla het, isch es losgange. Der Oberscht Muxmernit het der Herr vom Oberried afah gusle:»Was meinet Der, wie lang trinke mer no bärnische Waadtländer?« –»Das chunt nume druf a, wie lang's no geit, bis ech d'Ouge-n-ufgange.« – »So? Euch gange si de uf, wenn de der Franzos im Belletruche-Chäller wirtet, was?« – »Emel Dir verheit ihm de ds Chällerloch nid, Herr Oberscht, mit Euem roschtige Sabel.« – »Das wird sech de no zeige. Es chönnt sech ender frage, wär ihm de der Schlüssel zue bängglet und ihm nache no merci seit, wenn ihm der Franzos d'Hut über d'Ohre zoge het.« I das Wortduell hei sech bald no anderi gmischlet, und albeneinisch isch e Fuuscht ufe Tisch gfahre, daß d'Gleser höch ufgumpet sy. Di guete Herre hei der Waadtländer scho denn verschüttet, und doch het e jede gmeint, er gäb der bescht Rat für ne der Republik z'rette.

Je tiefer hie der Riß zwüsche de Gmüeter g'klaffet het, descht einmüetiger und heiterer het me näbena sech der Freud ergä, und me het nüt anders ghöre töne-n-als dem Herr Jolicœur sys unermüedleche hümpängäng-hümpängäng. Di politische Güggle-n-aber sy so i-n-es Wäse-n-yne cho, daß si's gar nit g'achtet hei, wo-n-es schtill worde-n-isch im große Salon, will di Junge-n-a ds souper gange sy. – Juscht het der Ratsherr riposchtiert:»Und i blybe derby, er het doch öppis rächt der Jean Jacques,« und der Oberscht Muxmernit het i sys Glas yne brummlet:»verfluechti Mählamsle,« da chunt me der Ratsherr cho use rüefe, er söll doch gschwind i d'garderobe cho. Er geit und find't dert sy Frou, wo nutzlos alli Chraft ufwändet, für ihres Töchterli z'bethädige. Das het sy's Naselümpli vord'Ouge drückt und gschtampfet derzue und us mene wahre Schturzbach vo Schluchzer use het me bös Dings chönne verschtah: «il m'a gâté toute la soirée.» – »Eh bhüetis, was isch los? – qu'est-ce que tu as, ma chérie?« het der Papa gseit. Aber Antwort het er keini übercho. D'Mama het du dem Papa erklärt, was d'Ursach vom Verdruß sygi. Ds Bethli heig sech gfreut gha, mit dem Ruedi a ds souper z'gah und jitz heig er ihn's eifach im Schtich gla, und es heig no müesse froh sy, mit dem Herr Jacquelet z'gah, «qui sent tellement mauvais de la bouche» und so wyters. – Es syg würklech öppis z'säge, het d'Mama gmeint, da syg me der ganz Abe fêtiert, wie kei's anders (bi dene Worte het sech der Mama ihres Härz ufböumt, daß es schier e Buck a ihrem Hals gä het) und de im Momänt, wo me grad am meischte druf luegi, müeß me de blybe sitze.»Natürlech, es het du Keine zueche dörfe,« het si mit Schtolz bygfüegt,»will me nüt anders dänkt het, als der Herr Landorfer wärd ihn's a Tisch füehre – und jitz?« E neue Schmärzenserguß isch dadruf usem Bethli fürebroche. Aber der Ratsherr lächlet, wie wenn er's i der Hand hätti, mit eim Wink der Schturm z' beschwöre, und seit: «mais, mais, mais, ne soyez donc pas injustes. C'est moi qui l'ai envoyé.» »A bah,« hässelet ds Bethli,»wenn ihm öppis dranne wär gläge gsi, mit mer zum souper z'gah, hätt er dänk d'Tante la tschädere, er het emel sünsch niene halb e so viel uf alte Tante.« «C'est bien possible, mais il est très poli...» – »A bah, i ma nüt ghöre.« – Jitz dänkt der Ratsherr, es wär gschyder, der Ruedi chäm sälber cho guet mache-n-und geit ne ga reiche.

Mänge junge Ma lehrt d'Froueträne-n-ersch na der Hürat kenne. O das isch e böse Momänt für ne junge-n-Ehema, wenn er zum erschte Mal sys Froueli gseht briegge. I ma nit vo dene rede, wo gfüehllos und unerchannt sy gäge-n-ihri Frou. Aber vo dene wo-n-es guets Härz im Lyb trage, schteit gar mänge schröcklech hülflos da, wenn dem Froueli syni liebe-n-Öugli aloufe-n-und die glänzige, heisse Tröpfli afah weleseh mache-n-über di sammetige Müntschibacke-n-abe.»O du liebi Zyt, was söll i mache?« so dänkt mänge.

Der Eint zieht y und kapituliert bedingungslos ; aber mit so Eim isch nüt, dä git i däm Momänt ds Hefti für syr Läbtig us de Finger. E-n-Andere wird toub und brüelet d'Frou a. Das isch o nüt, so Eine-n-isch e Tyrann. Nei, der rächt Bärner erchlüpft scho nid e so hert. Er schwygt und lost z'ersch e chly und luegt, und de dänkt er: »eh bhüetis, das wird de öppe-n-o versurre, und de cha me de geng no luege, wo's öppe-n-use wott und was z'mache-n-isch.« Aber wenn Eine i das nasse Füür chunt, scho gäb daß er ghüratet isch, so isch das präzis, wie wenn me-n-ohni Chriegserklärung i Chugelräge gratet. Ja, da chame de gseh, öb sech Eine weiß z'hälfe.

Afin, der Herr Ruedi chunt bald druuf a d'garderobe-Tür, pöpperlet diskret und geit yne-n-und wott grad loslege. Aber er het doch nit dänkt gha, daß es e so bös schtandi und isch e chly erschrocke, wo-n-er das Härzeleid gseht. Er het schuderhaft verläge-n-usgseh, und das het du däm tuusigs Meitschi e so wohl tha, s'isch ihm wie ne Schluck asti spumante düre Hals abe gloffe, aber das Chröttli hätti emel ja nüt la merke. Im Gägeteil, es het es paar Ouge gmacht, wie großi, glesigi Gufechnöpf und wie wenn es wetti säge: »da isch der Bode, wenn d'öppe nid weisch, wo chneue, du Sündebock.« Der Ruedi het aber gar nid a ds Chneue dänkt, sondere-n-er het sech ufem Sattel vo sym subere Gwüsse höch ufgreckt und gseit: »Me seit mer juscht, Dir syget höhn über mi. Es isch mer schuder-, schuder-, schuderhaft leid, aber i cha gwüß, gwüß nüt derfür, daß ig Ech im Schtich gla ha. Meinet Der öppe, es heig mi nid o g'ergeret, daß ig Ech ha müesse dem Jacquelet überla?« – »Abah,« het ds Bethli gmacht und sy linggi Achsle füregschnellt. »Afin, i cha-n-Echs säge, es het mi g'ergeret,« fahrt er furt. Aber i ha doch Euem Papa nid chönne refüsiere, wo-n-er mer gseit het, i söll Eui Tante gschwind hei begleite. I wär' öppe lieber da blibe.«

No währeddem er das seit, git's im vestibule-n-e schuderhafte-n-Ufruehr und es G'lamäntier und es Gschtürm, und usem Gred use ghört me d'Gaschtgäbere rüefe: »wo isch der Herr Landorfer?« – Der Ruedi erchlüpft, und gäb daß er zur Türe-n-use cha, chunt d'Frou Früschig cho yne z'schieße-n-und schnouzt ne-n-a: »Quest-ce que vous avez fait? – Der Frou Salzschrybere-n-ihres Meitli isch da und wott sy Herrschaft cho reiche.« Jitz het's dä arm Ma dunkt, d'Dili chöm uf ihn abe wie-n-es nasses Lilache. Er schteit da wie ne Bock und weiß allerwälts nid, was er söll säge, und die andere

65

Froue schtande-n-o da mit offene Müler. Im vestibule-n-usse schteit richtig ds Gattung und verfüehrt es schuderhafts Gheie-n-und hüület und briegget und macht es Wäse, daß alles z'sämelouft und niemer nüt begryft. D'Ratsherri platzet los und brüelet i alles yne: »Non c'est pourtant trop fort. Jitz het er is no agloge. Er isch gar nid mit der Tante hei.« Ds Bethli het vo neuem afah hüüle-n-und het ufbegährt, es well hei. Der Ruedi fasset sech ändlech und fahrt uf das arme Gattung los: »Was isch das für nes Gschtürm? – Sy de die Bediente nid cho mit der portechaise?« – »Eh wohl, bhüetis wohl,« seit ds Gattung, »si sy cho und hei mi abeglütet und gseit, si bringe d'Frou hei, und wo-n-i d'portechaise uftue, sitzt der Köbi drin. (Vom Müntschi het's nüt gseit und vo der Latärne-n-o nüt.) U du ha-n-i halt dänkt, si heige mi nume welle für e Narre ha.« – Jitz het richtig niemer gwüßt, söll me lache-n-oder briegge. »Wo sy di Bediente?« fragt ändlech d'Gaschtgäbere, »la gseh, Bäbeli, allez chercher Chrischte.« Ds Bäbeli isch gange, und underdesse het ds Gattung emel no zwänzg Mal sy Gschicht vorne-n-agfange-n-und alli Bott wieder afah briegge: »we's ere nume nüt gä het. Me cha nid wüsse. Sie isch viellicht erfrore-n-oder i ne Chällerhals abegfalle-n-oder am Änd uf der Polizei oder, wär weiß, me het se . . . . es het vor Briegge nid wyter chönne. »Eh ja,« seit e junge Gschpaßvogel halblut, »der Jud het se-n-allwäg gnoh.« Der Ratsherr het underdesse der Ruedi i ds Gebätt gnoh, und dä het ihm müesse bychte, was er gmacht heig, und der Ratsherr het ufbegährt mit ihm und sy Frou o, bis es ds Bethli schier gar duuret het.

Nach längem Sueche-n-und Parlamäntiere het me-n-ändlech di beide Sünder bracht, und der Chrischte het gseit, si heige der Dokter Chnuuschti begägnet und dä heig d'Frou Salzschrybere zue sech i ds Hus gnoh und si heig es du dem Chöchi welle ga säge; aber das heig sech du gförchtet und heig ne kei Bscheid welle-n-abnäh und du syge si halt z'letscht ume gange; wäge däm Schturm heige si sech nid welle la d'Füeß abfrüüre.

Jitz het me du ds Gattung tröschtet und d'Chnächte-n-use gschickt, me well de ds morndrisch mit ne rede. Der Ratsherr het la aschpanne-n-und isch mit Frou und Tochter hei gfahre.

Und währeddäm der Ruedi Landorfer sech o verabschiedet het und i Egge vom vestibule-n-isch es Trinkgäld ga fürechnüble, isch me-n-im Salon wiwiwy-wiwiwy-wiwi-hümpängäng im rasende Galopp über di letschte-n-Ereignis zur Tagesornig übergange.

6.
Ds Lendemain de fête

Was meinet der, wär isch ächt z'morndrisch z'erscht wieder erwachet gsi? – Natürlech d'Frou Salzschrybere. Wo die wieder zue sech cho isch, scho am eis öppe, het si afah jammere-n-und bjorne, bis der Dokter wieder i Schlafrock g'schloffen-isch, cho luege, was si eigetlech o heig. Ihre-n-erschte Gedanke, wo si ne gseh und umegkennt het, isch gsi, öb si eigetlech no läbi, und drum het si ne gfragt: »Bi-n-i-öppe gschtorbe?« – »Jä, was meinet Der, wo Der syget, Frou Salzschrybere?« »Emel alwäg nid im Himmel, wenn Dir ume Wäg syt,« meint si (der Schräcke vor däm verwünschte Dokter het se völlig zum Bewußtsy bracht). »Nei,« antwortet der Herr Chnuuschti, »aber emel afe-n-a der Chilchgaß.« Sie het afah ufbegähre, si well uf der Schtell hei. Was das o für ne Manier syg, daß me se nid heibracht heigi und so wyters. »Da hei mer's,« seit der Dokter ergerlech, »ds Tüfels Dank het me vo settige Lüte. Schtatt froh z'si, daß mer Ech nid hei la erfrüüre-n-uf der Gaß, faht Der jitz no afah use heusche, wunderlechi Drucke, was Der syt. Wo fählt's Ech eigetlech? Zeiget mer dä Fueß, i ma de nid bis am Morge da gruppe.« D'Frou Salzschrybere-n-isch du doch afange-n-e chly murb worde gsi und schtreckt ändlech ihre gschwullene Fueß zum Bett use. »Mhm, äbe,« seit der Dokter, »thüet ne nume wieder undere-n-und heit Ech schön schtill, mer wei de, wenn's taget, afange mit Seife derhinder, guet Nacht, Frou Salzschrybere.« Vo denn e wäg het sie gschwige; aber zu de Schmärze-n-isch jitz no der Erger cho, und si het sech e so gschämt, daß si ganz under d'Dechi gschloffe-n-isch.

Ds Zwöite, wo erwachet isch, isch ds Gattung gsi. Das arme Chöcheli het geng gmeint, es tüej ihn's byße-n-im Gsicht und es isch, weiß kei Möntsch, wie mängisch, ga syni Backe wäsche. Und de het's pärse o nid Rueh gha wäge syr Herrschaft, bsunders wil es gwüßt het, wie ungärn d'Frou Salzschrybere der Dokter Chnuuschti gha het.

Der Dritt isch der Schlarpenegger gsi. Dä isch erscht am halbi füfi i ds Bett cho na syr Wächtertour. Aber scho am sibni isch d'Frou wieder hinder ihm gsi und het Bscheid welle ha, wohär di viele

Glasschärbe-n-uf sym Huet chöme. Är het se du no apfideret und welle ha, es syg ihm es Löufterli ufe Chopf abe tätscht. Aber uf der Polizei, wo-n-er sech zum Rapport gschtellt het, het ihm's der Herr Inschpäkter nid rächt welle gloube. »Das hätt neuis höch abe müesse cho, dunkt's mi, für dä dick Filz e so z'verschnyde,« het er gmeint.

Ordeli schpäter isch der Köbi füre gschloffe, wil ne vo der Herrschaft niemer gschtört het. Wo ds Züseli vom Märit heichunt, schteit dä Kärli i der Chuchi, liegt übere Schüttschtei yne-n-und schüttet sech mit em Gäzzi Wasser über e Chopf abe. »Was Tüüners mueß jitz das gä?« seit's und lachet uf de Schtockzänd. »Nüt apartigs,« meint der Köbi, »i ha nume chly Gringweh, i gloub, ds Wätter well ändere.« – »Ja warum nid gar, das hei si Der dänk im Belletruche-Chäller agä.« – »I bi nüt dert gsi.« – »I weiß scho, vo was Dir der Gring weh tuet, das chunt vom guet ha.« – »Was guet ha? Wär het ächt guet, öppe-n-i?« Ds Züseli het juscht welle sy Gascht us der Chuchi usemuschtere, da chunt ihm der Herr Vilbrecht sälber z'Hülf und befiehlt dem Köbi i sys Cabinet z'cho. Der Köbi isch sym Herr nachegschlarpet, und ds Züseli het's schuderhaft wunder gnoh, was es ächt gäb, vo wäge-n-es het ihn's neue dunkt, der Ratsherr heig wohl suur dry gluegt.

Öppe-n-es halbs Schtündli druuf chunt der Köbi wieder i d'Chuchi, ganz verschmeiet und duuch, wi-n-es Büßi und seit zum Züseli: »Los, Züseli, Chöcheli-Härz, wurdisch du mer nid öppis z'lieb tue?« – »I tue dir öppe gnue z'lieb bi'm Tuusig. Was wottsch?« – »Lue du wärisch gwüß, gwüß e Härzchäfer, wenn de mer hulfisch.« – »I begähre niemerem der Härzchäfer z'sy u Dir grad am mingschte, mit dyne verchutzete Haare; het er Di öppe-n-eis tschuppet?« – »Nei, bhüetis nei; aber er het mer befohle, zu ds Salzschrybers übere-n-e Latärne ga z'reiche.« – »He nu, so gang doch, was hesch Gschyders z'tüe; gang nume, so chunsch mer us der Chuchi.« – »Lue, Chöcheli, Züseli, we De wüßtisch, was De mer für ne Gfalle tätisch, we De für mi giengsch . . . .« – »Ja, jitz o no; s'nähm mi doch bim Tüüner wunder, warum Du nid sälber chönntisch gah.« – »He vo wäge . . .« – »Was vo wäge? – La gschoue, füre mit!« – »I mueß i Schtall abe, i ha nid derwyl.« – »Das wär' mer neue gschpässig, das. Ha-n-i öppe besser derwyl?« – »Nei, aber lue, i gange so schützlech ungärn zu ds Salzschrybers.« – »Warum?« – »He warum ächt?« –

»Wägem Gattung.« – »Was het der das z'leid tha? – Du wirsch di öppe vor däm nid förchte-n-oder?« – »Das nid, aber i ma's neue süscht nid lyde.« – »Du bischt e Chniepi, du gisch mer afe-n-uf d'Närve mit dym Gschtürm. Gang jitz.« – »Aber Züseli...« – »Schwyg jitz chähre-n-und gang, du chönntisch ja scho lang ume hei sy.« »Wart nume, du chätzers Täsche,« het der Köbi vor sech ane brummlet und isch gange. Wo-n-er vor d'Hustüre-n-abe chunt, a di früschi Luft, fallt ihm y, er chönnti doch der Schpängler schicke, di Latärne ga reiche, wenn er se doch nachhär zu ihm müessi trage. Ohni sech lang z'bsinne, louft er a d'Metzgergaß hindere, zum Schpängler Chläntschi und brüelet ihm i d'boutique-n-yne: »Du söllisch zu ds Salzschrybers hingere ga ne verheiti Visitelatärne reiche-n-u se umemache. Aber d'Rächnig mach de üsem Herr.« Der Chläntschi het welle-n-afah frage, wie und was und warum; aber der Köbi isch uf und dervo, aber nid hei. Er isch e Bitz wyt d'Loube-n-ab und du i mene Chäller verschwunde. Dert unde-n-isch nämlech e so ne-n-Art Schtammtisch gsi vo dene Herre Gutschner und Bediente. Wo der Köbi d'Schtäge-n-ab chunt, hocket richtig scho der Chrischte dert mit es paar Schtadtsoldate.

»Ähä, Köbi,« meint er, »du hesch allwäg o-n-es Brönnts nötig, he? – Emel dem Gring nah....« Das het der Köbi e chly i d'Nase gschtoche; aber er het dänkt: »wart nume Chrigeli, du muesch umeha« und erzellt dene Soldate, wie der Chrischte-n-und der Schlarpenegger ihn schön d'Schtadt uf treit heige. Aber der Chrischte, wo sech füre fürnähmschte Gutschner i der ganze Schtadt ghalte het, het sech nid gärn la zäpfle-n-und meint: »schwyg nume, e söttige Schärebankfuehrme sött si nid welle ga ufla.« D'Soldate hei richtig Freud gha a dene Beide-n-und hei brav hä-x-x-x gmacht hinder ne. Z'gueter letscht hätte si sech schier no bi'm Chabis gnoh.

Mer wei di Lüt e chly la mache da unde-n-und ga luege, wie's de-n-andere a däm Morge z'Muet gsi isch.

I nere grau täflete, große Hofschtube-n-i mene dritte-n-Etage-n-a der Chramgaß het sech no am nüni der Ruedi Landorfer im Bett ume trölet. Vo de niedere Decher vis-à-vis het der Schnee ds Tageslliecht fröschtelig under der große Vogeldili düre-n-i d'Schtube refläktiert, und es isch gar nid verlockend gsi, ufzschtah. Ändlech het's halt doch müeße sy. Üse Junker isch ufgschtande-n-und het sech so gschwind wie müglech agleit, für us der ungheizte Schtuben-a d'Wermi z'cho. Nütdeschtweniger isch er am Fänschter halb agleit blybe schtah und het use gschtuunet. Halbschueh höch isch der Schnee uf de Decher gläge. Schtumm und fyschter hei di schwarze lucarnes-n-und di verbrähmte Chemeni us der wyße Dechi füre gluegt, a de Chänle sy Yschzäpfe ghanget, der Himmel isch eitönig grau gsi und alles so toteschtill, nid e mal öppe-n-es Büßi isch über ne Firscht gloffe. Öb er ächt das g'achtet het? I gloube nid. Nume syni lybleche-n-Ouge hei i Schnee glotzet. Vor sym Innere-n-isch der Liechterglanz vom vorige-n-Abe wieder ufgange, und di heitere-n-und di trüebe Gedanke sy-n-ihm troumhaft dürenand gschtürmt. Aber dür alles düre-n-isch geng ei Gedanke wieder oben-ufcho: »du hesch es verchachlet.« Mit mene cholderige Gsicht isch er nam déjeuner uf d'Schtaatskanzlei gange, wo-n-er sit vierzäh Tage-n-als volontaire g'arbeitet het. Der halb Vormittag het er zerschtreut bald dür di breite Bogefänschter i Altebärg überegluegt, bald i-n-e-fyschtere-n-Egge hindere, bis ändlech us däm verworrene Züüg di lieblech-zürnendi Erschynung vom Bethli geng dütlecher füreträtte-n-isch. Und je läbiger si worde-n-isch i syr Ybildung, descht wöhler het ihm d'Erinnerung a dä Zorn tha. »Dä isch vo Härze cho, dä Zorn,« het er sech gseit, »und das isch eigetlech es guet's Zeiche. Es wär villicht am gschydschte, i ließ ne nid verrouchne. I will lieber sälber ga darha, als daß e-n-Andere vo der Glägeheit profitiert, für uf myni Chöschte ga z'bethädige. Ändlech isch dä Vormittag o erläbt gsi, und der Herr Landorfer het sech uf d'Socke gmacht, für ga z'erfahre, wo »me«-n-öppe dä Namittag z'träffe wär. Und bi däm Nachefrage het er wieder chönne-n-erfahre, daß er doch nid ganz nume-n-e Pächvogel isch gsi. Er het nämlech vernoh, ds Bethli söll am Namittag zur Gotte, zur Frou Houpmänni Tribolet, ga erzelle, wie's gsi syg am Ball. Da het's gulte, dem zermalmende Rad vo der Berichterschtattung zu rächter Zyt i d'Schpeiche z'falle.

D'Frou Houpmänni isch no Eini vo ehmale gsi, potz tuusig! – A dere-n-isch der Schturm vo der französische Revolution vorby gange, ohni di gringschti Schpur anere z'hinderla. E heimeligi, alti, aber üsserscht läbesluschtigi Frou isch es gsi, die geng no gar wohl gläbt het a-n-Allem, was i der Gsellschaft vor sech gange-n-isch; drum het si sech jedesmal na mene Ball es paar Töchtere-n-yglade für se ghöre z'brichte. Und wenn si de sälber i ds Brichte cho isch vo ihrne Jugederinnerunge-n-us de Füfzger- und Sächzgerjahre, de het me d'Ohre gschpitzt. Das chlyne, dicke Froueli mit der schöne Haaggenase-n-und dem drüfache Chini isch uf sym Ruehbett ganz ufghopset vor Läbhaftigkeit, und ihri blaugraue-n-Öugli sy ganz füürig worde. I ihrne-n-Erinnerunge, i ihrem ganze Dänke-n-und Wäse-n-isch si no ganz rococo gsi und teilwys sogar i ihrer Erschynung. D'Haar het si zu-n-ere höche Frisur ufezoge gha; aber will's zu nüt rächtem meh greckt het, so het si de geng es schöns Hübli annegha. Ihres appartement isch o ganz derna gsi. Ds Sääli het e giftgrüeni Tapete gha mit mene rauteförmig zeichnete, hälle Netzmuschter und wyßes Täfel. D'Schtüehl sy mit grüen-rayé-Damascht überzoge gsi und hei es wyßes Louis XV. Holzwärk gha. Di höche Fänschter mit ihrne viele chlyne quadratische Schybli hei keini vitrages gha, nume-n-es schmals lambrequin und schlichti, zrückbundeni Umhäng vo wyßem Tüll.

Scho syt nere halbe Schtund isch ds Bethli bi der Gotte gsässe, i Privataudiänz, und d'Gotte het mit großer Chunscht dem Gotteli d'Würm us der Nase zoge. Scho het der Verdruß über di geschtrige Zwüschefäll afah düresickere, da het's glüet, und di übrige Töchterli sy cho, und na de-n-erschte Frage-n-und Antworte het ds Chrischtine herrleche café mit dicker Nydle bracht, dä me-n-us schtark verguldete sèvres-Tasse mit wahrer Burgerluscht verschlunge het. Aber ds beschte sy dert geng d'Brätzeli gsi, wo me warm und chrouschpelig us em Öfeli übercho het. I zwone coupes sy si höch byget gsi, und mehrmals het ds Chrischtine für Nachschueb gsorget. Ds Houptopfer vo der Konversation isch di armi Frou Salzschrybere gsi. Di unmüglechschte Variatione vo ihrne Schicksale sy uftouchet, und das het so viel gä z'lache, daß d'Frou Tribolet gar nid gmerkt het, wie di Töchterli wäge de Brätzeli eis fourire über ds andere gha hei. Aber einisch gseht si doch du, wie Eis dem Bethli so-n-es Brätzeli under d'Nase het und ihm öppis i ds Ohr chüschelet und wie druf abe Beidi vor Lache fascht erschticke. »Was heit der, dir Lachbänze?« fragt si und nimmt zuglych es Brätzeli. Das Brätzeli aluege, zwägschieße-n-und under allgemeinem Glächter usrüefe: «Mais quelle horreur!» isch d'Sach vomene-n-Ougeblick gsi. Si ryßt am brodierte Lütiband und chräit ds Chrischtine, wo's erschynt, a: »Dir heit ds Brätzeli-yse verwächslet, warum nähmet Der jitz dä Horror wieder füre? I ha-n-Ech ja gseit, i well das nümme gseh.«»Ds andere-n-isch drum verheit,« seit ds Chöchi,»und i ha dänkt, es wärd öppe di Töchtere-n-einewäg guet dunke.« – «Afin,» meint d'Frou Houpmänni,»ds Unglück isch jitz gscheh, lueget se halt nid a; es isch mer gwüß leid.« Uf dene Brätzeli isch nämlech e schuderhaft e primitivi Darschtellung gsi vo Adam und Eva, und das het so viel gä z'lache. Der Appetit het natürlech nid glitte drunder.

Erscht wo's du lütet und me der Herr Ruedi Landorfer amäldet, het me Hals über Chopf sämtlechi Brätzeli besytiget und dür guets wyßes Brot la ersetze.

Dem Bethli isch es schier übel worde, wo-n-es ghört het, wär chömi, und es het gar nid dörfe-n-ufluege, i der Meinung, di Andere tüje-n-ihns jitz gräßlech fixiere. Es isch schtill worde-n-und het sech sehr zurückhaltend benoh gäge sy Abätter, göb wie höflech und artig er tha het. Aber im Grund het ihm jedes Wörtli gar wohl tha, und es isch froh gsi, z'merke, daß der Ruedi sech nid het la verschüüche dür d'Ereignis vom vorige-n-Abe. Aber ersch di Gotte! Hättet dir das gseh! – Wie Die Öugli gmacht und d'Gwundernase gfueteret het!

Wo ds Chrischtine di letschti Channe café bringt, het me-n-ihm scho bi der Türe-n-agseh, daß es glade-n-isch gsi, wie-n-es Schprängloch und schier nümme het möge-n-ebha. Ohni z'welle het d'Frou Tribolet d'Lunte dra, indäm si ds Chöchi fragt, öb's no Nydle heig. Du isch es usbroche:»Äbe nid, Frou Houpmänni, der Chüejer isch grad vori da gsi; aber er het keini brunge ; aber dänket, was er brichtet het: me ghöri a der Metzgergaß unde ds Schaaltier, dänket! Eh myn Gott im Himmel obe, dänket nume, Frou Houpmänni, was wott's ächt gä? S' git gwüß, gwüß Chrieg. – Eh nei gwüß, gwüß, we's jitz Chrieg gäb, was mieche mer o? Sötti mer ächt nid für ne subere Chäller luege, daß me dry chönnt, we si de chöme?« – »Eh bhüetis,« meint d'Frou Tribolet, »e so gleitig geit das nid, Chrischtine, heit nume nid Angscht. Das isch dumms Züüg mit däm Schaaltier.«»Nei, nei, gwüß nid; der Chüejer het's sälber ghört.« – »Eh bah, der Chüejer isch e Dampi.« – »Ja item« So hei si zum Gaudium vo de Junge no wyter dischputiert; ds Chrischtine-n-isch aber derby blibe, es syg öppis schröcklechs vorschtänds. Das isch ja nid z'verwundere gsi, daß me bi däm ewige Chriegsgschtürm bald da, bald dert het ds gschuntene Chalb welle ghört ha. Ds Chrischtine-n-isch i d'Chuchi use-n-und het vo denn ewäg Alles z'hinderfür gmacht und geng nume-n-a sy Chäller dänkt, das arme. Die i der Schtube hei guet gha z'lache. Aber, ob der Nachricht vom Chüejer het me der Ball ganz vergässe-n-und nume no vom Schaaltier gredt. Gseh oder ghört het's natürlech no Niemer gha, aber interessiert het sech es Jedes derfür. So grüslech si sech über e Chüejer und ds Chrischtine hei luschtig gmacht, so schträng isch ne bim Gedanke, me ghöri ds Schaaltier a der Metzgergaß, d'Gänslihut übere Rügge gloffe. Si hei nümme rächt chönne schtill sitze, und der Ruedi hätti dene Töchtere nid besser chönne-n-usem Härz rede, als wo-n-er ne du vorgschlage het, si welle-n-a d'Metzgergaß ga lose. »Allwäg,« het's eischtimmig gheiße, »mer wei gah, wär chunt mit?« D'Frou Houpmänni het afah proteschtiere-n-und gfunde, das schick sech jitz würklech nid. Me gang überhoupt nid a d'Metzgergaß. Ihre het me nid rächt dörfe widerrede, und die Töchtere hei derglyche tha, si welle no hei, bevor's fyschteri. Öb's d'Frou Tribolet gloubt het, weiß i nid; aber si het emel du ihri Visite-n-etla. Vor der Hustüre hei sech Zwöi verabschiedet; die hei sech gförchtet. Di Andere sy alli under der Füehrung vom Ruedi der Metzgergaß zuegschtüüret.

Dert sy viel Lüt under de Loubeböge gschtande, meischtes i chlyne Trüppeli, und hei yfrig dischputiert. Bsunders viel Wyber sy umenand gschtande-n-und hei prophezeiet, geng eini schüzlecher als di anderi, und de Manne-n-isch es geng uheimeliger worde. Vor em Chäller, wo am Morge der Chrischte-n-und der Köbi drinne gsässe sy, isch e Kuppele Manne-n-im Schnee usse gschtande. Eine nam Andere-n-isch d'Chällerschtäge-n-uf cho z'graagge, di meischte nümme ganz nüechtert. Mitts underne isch natürlech der Chrischte gschtande und het ds groß Wort gfüehrt. Da und dert het me-n-es Löufterli gseh ufgah und es gwunderigs Wybervolk het sy Chopf usegschtreckt.

Üsi Lütli sy i der Nächi vom Chäller blybe schtah und hei dene Manne zueglost. Der Ruedi geit uf eine zue und fragt, was los syg. »He ds Schaaltier ghört me,« meint dä. »Was? i ghöre-n-emel nüt.« – »Ja wartit ume, 's chunt de scho ume.« – »Wo de?« – »Das wis me nid, das isch i der Luft obe, das isch drum es Ghüdi.« E Tambonr vo der Schtadtwacht seit: »I ha afe mängs ghört i mym Läbe, aber e so öppis my armi Tüüri no nie, das chunt auwäg nid guet, loset jitz de nume.« Dene Töchterli het's afah angscht mache. »Was isch es de eigetlech?« fragt eis. »Es gschuntnigs Chaub,« meint der Tambour. »Äh, pfy tuusi, wenn's de grad chäm,« seit ds Bethli. – »Schtiu, schtiu! Losit jitz, losit, losit! – E myn Gott und Vatter, eh, eh, losit dir jitz nume. – Das isch ganz nach – eh, eh, eh!« So isch's undereinisch Gaß uf, Gaß ab, vo Loubeboge zu Loubeboge gange, und dür d'Luft het me-n-e länge, grusige, dumpfchyschterige Ton ghört. Alles isch z'sämetschuderet; dem Tambour isch der Zopf schier gredi-bolz ufgschtande. »Es chunt gwüß, äh, mer wei gah,« seit eis vo dene Töchterli, und, ohni uf e Ruedi z'warte, sy si d'Loube-n-ufgschliche. Si sy chuum es paar Schritt wyt gsi, so zitteret wieder dä fürchterlech Ton dür d'Luft, schuuriger als ds Füürhorn, und si hei ihri Schritte verdopplet. Wo si obe-n-a d'Gaß chöme, wär schteit dert hinderem Brunne mit allne Zeiche vo Gwunder und Gruse? – D'Frou Tribolet und ihres Chrischtine. Bald druuf gseh si der Polizei-Inschpäkter mit mene Landjeger d'Gaß abe gah. Wyt unde no, mitts uf der Gaß, isch der Ruedi gschtande und het dem Polizei-Inschpäkter gwartet. Wo dä necher chunt, winkt ihm der Ruedi und seit ihm öppis. Der Inschpäkter isch grad druuf wyter gange und het i ds Schaalgäßli abboge, während der Ruedi mit heiterer Miene d'Gaß uf zu dene Froue cho isch. Er gloub, er wüssi öppis, het er gseit und isch mit dene Töchtere wyter gange, i läbhaftem Gschpräch, und währed geng no gwunderigi Lüt a d'Metzgergaß abegloffe sy, het er sys Bethli hei begleitet, uf e Chornhusplatz und het sech dert im süeßischte Friede vo-n-ihm verabschiedet.

Underdesse het der Metzgergaßschräcke furtduuret. D'Sunne-n-isch scho lang hinderem Riederehubel verschwunde gsi, und d'Gaß isch vo Minute zu Minute fyschterer worde. Und je schwerzer d'Nacht worde-n-isch, descht gruusiger isch di Gschicht worde. Bi der alte Schaal het scho gar niemermeh düre dörfe. D'Lüt hei sech nah-ti-nah d'Gaß uf oder ufe Rathusplatz verzoge-n-oder grad i d'Hüser yne. Nume vo Zyt zu Zyt isch öppe no ne frävle, atrunkene Schtudänt dem Unghür ga Trotz biete, und d'Wyber hei scho gseit, wär jitz no dert abe gang, chöm nie meh füre. Scho lang het me kei Ton meh ghört; aber der Schräcke het wyter gwaltet, di ganzi Nacht düre. Bi jedem Chatzebäägg sy d'Lüt i de Hüser zwäggschosse, d'Chinder sy i ihrne Bettli wieder erwachet und hei losgä, bis me se brätschet het. Bald isch e Frou ufgschosse-n-und het gseit, es müeß gwüß öpper schtärbe, bald e Ma und het gseit, ds gschuntene Chalb syg ihm im Troum nachegloffe-n-und er heig welle flieh und syg am Bode-n-agchleibbet gsi. Fascht hinder jedem Fänschter het me di ganzi Nacht Liecht gseh. A mängem Ort hei sech Ma und Frou gschlage, will geng Eis ds Andere gweckt het. Niemer het i ne fyschteri Chuchi dörfe, niemer a-n-es anders Ort – churz, es isch e wahri Plag gsi di sälbi Nacht. Aber am nättischte-n-isch es i der Chällerpinte gange. Di Manne sy im Schnee usse gschtande, bis es fyschter worde-n-isch. Du het es se du gfrore, und si hei gmeint, si müesse jitz no Eis ga ha abe. Und wo si du ändlech hei welle hätte, het du keine meh use dörfe. Jedesmal, wenn Eine-n-Alouf gnoh het, su isch der Wirt uf d'Chällerschtäge gschtande-n-und het gseit: »Wart jitz no chly, i wiu z'erscht ga luege, öb's nid öppe grad chunt,« und d'Wirti het i härzbrächende Töne verkündiget, wär ds Schaaltier gsej, dä gheji grad dasus und müeß schtärbe. Wär het da no use welle? Mittlerwyl het ds wahre Schaaltier under dene Manne ghuset, daß es nümme schön gsi isch. Us Fläschehäls und hölzige Hähne het es sy giftige Saft usgschpeut, und di Manne hei ne verschlunge, und nah-ti-nah het Eine-n-um-e-n-Andere-n-afah mögge, präzis wie ds Schaaltier. Kurios isch es halt. Ds Mitternacht hei i däm Chäller unde-n-emel es halbs Dotze »Gschunteni« dürenand gmögget und gruchzet und doch het sech Niemer gförchtet. Aber dobe, über di suber verschneiti Gaß, wo der Mond schtill und heimelig dry gschine het, hätti keine vo dene Helde dörfe. Ach, und i wie mängem Oug hei underdesse bitteri Träne glänzt bim trüebe Nachtlämpli, wil der Ma oder der Vater geng no nid hei cho isch und d'Nachbarsfrou tröschtlech gseit het, wär die Nacht a der Schaal vorby gang, dä gsej me nie, nie meh! Es isch zwar o da nid alles Guld gsi, was glänzt het. Dem Tambour sy zärtlechi Frou zum Byschpiel het am Abe, wo der Ma nid zum z'Nachtässe cho isch, i d'Badloube-n-abe, no tha wie-n-es Söuli und gseit: »wenn ne nume der Raufliharz nähm, dä Suufhung!« Und jitz, wo-n-ere der Schlarpenegger am Bowäxtöri gseit het: »Gang du nume hei, du gsehsch dä auwäg nümme, s' isch unghüürig a der Metzgergaß, ds Schaaltier het ne anwäg gnoh,« hätt dä arm Wächter bi mene Haar e-n-Ohrfyge verwütscht, und no drü Jahr lang het ihm's die bösi Täsche nachetreit, daß er gseit heig, ds Schaaltier heig ihre Kari gnoh. Daß der Kari e wüeschte Hung syg, das heig si scho lang gwüßt, aber

daß ne ds Schaaltier nähmti, nei, das hingäge de doch nid. (Der Kari het halt geng müeße ga trummle, wenn me-n-Eine-n-öffetlech abgschmeitzt het, und das isch meh als Eim us der Badgaß passiert. D'Manne hei-n-ihm nüt übelgnoh, aber d'Wyber – potz Chrieg!) Dem Kari sy Gedankewält isch doch e halbe Bärnschueh höcher obe gsi. A ds Gschpusi het er zwar nid dänkt, sondere-n-a sy Trummle-n-und was er de im künstige Chrieg mit dere well usrichte. Ganzi Schlachte het er ne mit sym Muul vortrummlet. Der Chrischte-n-isch ganz i nes Wäse-n-yne cho und het du zum Beschte gä, was de ds Vaterland vo ihm z'erwarte heig. E selige Scharpfschütz wie-n-är eine syg, heig me lang e keine meh erläbt. Er syg nid grad der gleitigscht, das wüß er scho, mit em Ziele; aber wenn er's de einisch greiset heig, de breich er de, der Gugger soll's näh, mit jedem Schutz geng grad Zwe, und wenn vorhär scho nume-n-Eine dagschtande syg. Da syg der Wilhälm Täll nume-n-e Schnuderbueb gsi der gäge.»Dä het ja nume der Öpfu breicht, dä; wennwenn i wär de de derby gsi, i hätt ech mimiseu de de dr dr Gring breicht, dr dr dr cheut mer's gloube-n-ododer nid.« Gäge das het Niemer Opposition erhobe; aber der Kari het gmeint, ds Schieße trag nüt ab, wenn me nid toll trummli derzue. Wenn me d'Franzose well chlopfe, so müeß me-n-uf se z'dorf, und wenn me nid trummli, so gang sy armi Tüüri e keine füre vo dene Helde.»Schwyg ume, Kareli, schwyg,« meint der Chrischte,»me me mer we-wei de lueuege, wär ender darf.«»E du darfsch emel jitz o nid use,« git der Tambour zrück.»Was use? – Wo use?« brüelet der Chrischte,»gagang du, Sch-Sch-Schme-meitztambour, we-we-wenn d'darfscht!«
»Hö, das wär mer, wenn i da nid use dörft,« seit der Kari, schteit uf und plampet der Schtäge zue. Wo-n-er es paar Tritte-n-ufe gragget gsi isch, brüele-n-ihm die Andere nache:»U d'Trumme? Wosch ohni die hei?«»Jäso, gi' mer se,« seit er zum Wirt. D'Schtäge-n-ab het er nid wieder welle, vowäge-n-er isch nid sicher gsi, öb er zum zwöitemal alleini ufe chönnt.»Aber, gäu, Chrigeli,« meint er triumphierend, wo-n-er da näbem Fliegehüsi uf em erschte-n-Absatz schteit und sech a ne Härdöpfelsack lähnet,»du chunsch nid uehe, du wisch warum.« Das het sech der Chrischte nid la biete.»Muesch nid mine, Trü-Terü-tümmeler,« gaagget er und chunt o d'Schtäge-n-uf, aber schier uf allne Vieri. Der Wirt het d'Trummle nache treit, und d'Wirti isch mit der Lampe cho zünte, währed di Andere-n-im

78

fyschtere Chäller sy blybe hocke. Wo der Tambour z'oberscht achunt und der Chopf afange-n-über e Schnee eẅäg ma luege, nimmt er mit der rächte Hand der Ring vom ufgschlagne Chällerlade. Aber, schtatt daß er sech dranne volländs hätti chönne-n-ufezieh, fallt dä dumm Challerlade zue, dem Tambour ufe Chopf, dä trolet hindertsi uf e Chrischte, dä uf e Wirt und dä uf sy Frou. Es jedes het i allem Pürzle linggs und rächts probiert, sech a öppisem z'ha, und so isch zuglych mit dene Bieri d'Trummle, d'Öllampe, ds Fliegehüsi mit drei volle Milchhäfe druff, der offe Härdöpfelsack, e Chachle voll Suurchabis und was süsch öppe-n-uf nere Chällerschtäge schteit, i eir Louene di ganzi Schtäge-n-ab cho, d'Härdöpfel i große Gümp vorus. Wo die dunde dä Hölleschpektakel ghöre-n-und's derzue schtockrabe-fyschter wird, hei si Alli gmeint, wolle, jitz syg ds Schaaltier los, sy i alli Egge hindere gschosse-n-und hei sech a de Fesser und Läger d'Chöpf volländs schturm gschlage. Z'letscht ghört me-n-us der Fyschternis use no d'Schtimm vo der Wirti: »So, der Salat wär gschtungget.« Du isch es schtill blibe bis am andere Morge-n-am zächni, wo d'Polizei dä Salat isch cho erläse-n-und di ganzi Gsellscheft i ds Schpäckchämmerli transportiert het. Der Tambour isch i syr Trummle gsässe-n-und d'Nase-n-isch ihm am Fleischhaagge-n-im Fliegehüsi bhanget. Dem Chrischte het me der Suurchabis us de Haar gschtrählt und wieder i ds Schtandli tha. Der Wirt het acht Tag lang druuf Zahndweh gha, will em Chrischte sy lingge Schtiefelabsatz mit füfezwänzg Roßnegel i sym Muul übernacht gsi isch. Er isch mängi Nacht düre nid drus cho, was abgchlepfti Zähnd und was Schuehnegel sy. Sy Frou, di verschnapseti Täsche, het i d'Trülle müeße, am Aarbärgertor, und dem Tambour syni Buebe hei ere dert di meischte Roßweggli abängglet, und i eim yne het di ganzi Juged derzue brüelet, das sygi jitz ds Schaaltier.

Aber dir wärdet jitz welle wüsse, wo eigetlech ds Schaaltier gsi isch.

Der Ruedi Landorfer isch, wo-n-er sys Bethli het hei tha gha, i d'Caféschtube vom Hôtel de Musique gange und het richtig dert nid gar lang müeße warte, so chunt der Polizei-Inschpäkter – sy Fründ – yne, lachet über ds ganze Gsicht und seit: »Es schtimmt, es schtimmt.« Und du het er du zum Beschte gä, wie-n-er ds Schaaltier gfunde heig. Ufe Rat vom Ruedi hi isch er nämlech i-n-es Hus a der Chramgaß gange, wo-n-e guete Fründ vo der Friedespartei gwohnt het. Dä het a sälbem Namittag i-n-ere Schtube vom Hinderhus, gäge d'Metzgergaß syni Fründ und Gsinnungsgnosse versammlet gha zu-n-ere Tasse Café und ere gnete Pfyfe. Uf nere Kommode näbem Kamin isch e groblochte längleche Chorb voll irdigi Pfyfli mit länge, länge Röhrli gsi. Da het e jede vo dene Herre-n-eis drus gnoh, het's mit nere ghörige Pryse-n-us mene große Tubakhafe gschtopft und sech am Kaminfüür im wyte Kreis niedergla. Der Café hei di Herre natürlech nid e so bloß gnoh. Ds Schpiezer Chirsiwasser isch äbe scho ds sältmal guet gsi, und drum sy si bald rächt läbig worde-n- und hei poletet und pralatzget, was ds Züüg het möge verlyde. Schließlech sy sie e so i-n-es Wäse-n-yne cho, daß si vor luter Friedespolitik hei agfange wältschi Friedesschalmeie singe, der Herr Vilbrecht vora, und will der Rouch vo ihrem Murtechabis se schier tödt het, so hei si müesse ds Löufterli ufthue. Das isch aber, wie gwohnt, geng wieder zuegfalle, wie flyßig, daß me's uftha het. Jitz isch halt jedesmal, wenn Eine das dumme Löufterli ufgschtoße het, e Schwall vo däm süeße Gsang a d'Metzgergaß use-n-ertrunne, und di guete Herre hei sech nid la troume, daß ihri Friedeshymne da unde-n-im Volk Anlaß gäbi zu de grusigschte Chriegsprophezeiunge, gschwyge daß si öppis g'ahnet hätte vo de wytere Folge. Der Polizei-Inschpäkter het scho im Schtägehus dä Sürmiton umegkennt. Nüt descht weniger het er d'Tür vo der Schtube chly uftha und yne güggelet. Vor luter Rouch het me nume so verschwummeni silhouettes gseh dasitze, und di Herre hätte chuum öppis gmerkt, wenn scho ne französischi Halbbrigade wär i d'Schtube cho manövriere, so sy si im Yfer gsi. Däwäg het der Polizei-Inschpäkter ganz rüejig chönne ds Unghüür etlarve, und füre Schpott het d'Friedespartei nümme bruuche z'sorge.

7.
**Jitz geit's los. Ändlech es Müntschi.
Der Chrischte-n-und der Kari mache sech um ds
Vaterland verdient
und der Unggle Mäni vergißt der Ladschtäcke.**

Ds Neujahr isch vorby gange, und der Winter het scho e chly ghilbet, aber i der Schtadt het's nümme viel Heiters gä. Wie-n-es Scheidwasser isch d'Politik i alles yne grunne, het hie alti Fründschafte-n-ufglöst, dert anderi feschter z'sämegschlosse, und je länger, descht dütlecher hei sech di verschiedene Lager abgränzt. Jedes het gschpürt, daß öppis Neus wott wärde, öppis no Unbekannts, und daß ds Altbewährte der Bode verlüürt, ohni daß me-n-e-n-Ersatz derfür gha hätti. Je nächer d'Franzose cho sy und je länger me gchähret het über Chrieg oder Verhandlung, descht uheimeliger isch es worde, und z'gueter letscht, wo me gmerkt het, wo's use wott, het niemer meh rächt ds Vertroue gha, daß no öppis z'mache syg. Aber wär no-n-es patriotisches Ehrgfüehl bhalte het, het Land und Freiheit nid wohlfeil welle dra gä, und drum isch uszoge, wär im Schtand gsi isch e Waffe z'füehre. Di meischte Truppe sy bereits im Fäld gschtande, da isch amene schöne Tag im Horner es wyters Kontingänt vo Bärn abmarschiert, und zu däm het der Ruedi Landorfer ghört. Ufem Grabe hei sech drei Kompagniee Draguner zur letschte Muschterig ufgschtellt. Huufeswys sy d'Lüt dasume gschtande, bsunders Froue-n-und Chinder. Überall hei am Chornhusplatz Gwundrigi zu de Fänschter usgluegt. Di drei chlyne Kompagniee sy je uf eim Glied hinderenand gschtande, d'Mannschaft no z'Fueß näbe de Roß, und hei ufe Herr Schultheiß gwartet, wo z'erscht no ufem Züüghusplatz es Uszügerbataillon und anderi Truppe-n-inschpiziert het. Währed di meischte-n-Offizier under mene Boge vom Chornhus gwartet und d'Züüghusgaß ufgluegt hei, drückt sech üse wackere Lütenant uf d'Syte, für no einisch bi ds Vilbrechts ga Adieu z'säge. E-n-unbeschrybleche, hälle Zug isch uf ds Bethlis Gsicht gläge, wo der Ruedi yne cho isch i ds Salon, i sym füürrote Frack mit dem schwarze revers und de guldige Chnöpf und épaulettes. E Prachtskärli isch er halt gsi. Er het i der Montur no viel größer gschine. Der Usdruck vo sym Gsicht isch heiter gsi und fescht, und me hätti nüt anders drinne chönne läse-n-als: »i wott«. Währed d'Mama dem Papa überufe-n-isch ga rüefe – het si ächt mit Wille-n-e chly lang gmacht? – git der Ruedi sym Schatz d'Hand, leit ihm der lingg Arm ume Hals, luegt ihm mit syne treuhärzige-n-Ouge-n-e so lieb i ds Gsicht, daß ds Bethli fascht d'Fassung verlüürt, und seit ihm ändlech: »jitz hätt'i gärn no öppis, Elisabeth; es isch villicht ds erscht und ds letscht Mal.« Ds Bethli schlat d'Ouge wyt uf zue-n-ihm und zitteret und findt e keis Wort. Da nimmt er's, drückt ihm es Müntschi uf d'Backe-n-und no eis und no eis und drückt ihn's a ds Härz, wie wenn er's wett dry yne drücke, und ds Bethli leit syni schlanke-n-Arme-n-um ihn und – briegget gar bitterlech. So sy si es Zytli gschtande-n-i der schtille Schtube, wo me nume ds tic-tac vo der Pendule ghört het. Undereinisch ghört me-n-e Trumpete blase, der Ruedi schnellt uf und wott furt, aber wie agosse-n-isch ds Bethli a-n-ihm ghanget und het gschluchzet und gseit: »Ganget nid, ganget nid.« Aber, wo-n-er ihm d'Arme löst und seit »i mueß, Chind«, nimmt's no einisch sy Chopf zwüsche beidi Händ und git ihm uf jedes Oug es guets Müntschi. Druuf seit der Ruedi.»bhüet-Ech Gott« und isch dusse. Das arm Töchterli isch i Ruehbett-Egge ga hüüle, bis d'Mama yne cho isch und gseit het: »eh aber, aber, was het's gä?«

Vor der Hustüre schteit der Houpme Lombach und lachet: »Wo blybsch, Ruedi? Mer müesse-n-ufsitze, der Schultheiß chunt.« Er het ufem schwarze revers vo ds Ruedi's Uniform öppis Naßglänzigs gseh, aber er het nüt gseit, und si sy zu ihrne Kompagniee gange.

Schtramm und schtill sy di Draguner bi ihrne Rößleni gschtande, wo der Herr Schultheiß, begleitet vo verschiedene-n-Offizier, der Front nah gange-n-isch. Wän der Blick vo däm schlichte-n-und doch so vornähme, ehrwürdige Ma troffe het, dä het gschpürt, was er vo mene jede Soldat erwartet het. Es isch so ne-n-Art heiligi Schtilli uf der Parade gläge, trotzdäm d'Roß bschtändig ihri Chöpf ufgworfe, mit de Huefe gscharret und ungeduldig d'Schtiele gschwänkt hei. Der Herr Schultheiß het d'Offizier um sech versammlet und es paar Wort zue ne gseit. Es isch e prächtigi Gruppe gsi, dä schtattlech Herr mit syr wyße perruque-n-underem sammetige Ratsherrehuet, der schwarze-n-Amtstracht, der guldige Halschetti und dem orangefarbige-n-Ordesband und im Halbkreis vor ihm di flotte junge-n-Offizier im rote Wafferock und dem große Dreimaschter mit dem chlyne, coquette Fäderbusch druffe. Ehrerbietig hei si d'Hüet glüftet, wo der Herr Schultheiß sy patriotischi Ermahnung mit dem Wunsch gschlosse het, daß es amene Jede mögi vergönnt sy, sys Schwärt mit Ehre für ds Vaterland z'füehre. Druuf het er sech grad vor ds Herr Vilbrechts Hus ufgschtellt und di chlyni Ryterschaar la vorbyzieh. Dobe-n-im Salon isch ds Fänschter ufgange. Zwo Frouegschtalte sy erschine-n-und hei gwunke, währed hinde-n-i der Schtube der Ratsherr, am Ofe-n-aglähnt, brummlet het: «pauvres diables, vous allez vous casser la tête pour une chose perdue.» Der Ruedi het am Egge vom Wybermärit no einisch der Huet gschwänkt, und bald isch dä rot Zug verschwunde gsi, und am Zytglogge het me nume no der Widerhall vo de Trumpete ghört.

Vom Waisehusplatz här hei di andere Truppe-n-agschlosse mit de Bataillonsschtücke-n-und anderem Train. Und wo der letscht Wage-n-im obere Tor verschwunde-n-isch, het sech ds Volk wieder verloffe, und d'Gasse sy toteschtill worde. E halb Schtund druuf het's afah schneie; keis Lüftli het sech grüehrt; lutlos het e-n-unsichtbari Hand d'Flocke gsäit und e wyßi Dechi über di alti Schtadt Bärn gwobe.

Was Schtadt uf, Schtadt ab i de Hüser vor sech gange-n-isch, wei mer nid ga luege. I ha-n-ech gseit, Truurigs gäb's sünsch gnue und i well e luschtigi Gschicht erzelle. Drum brichte-n-ig ech das mal o wyters nüt vom Chrieg.

Nume-n-Eis will ig ech nid verschwyge, will's üsi Bekannte-n-ageit.

Am 4. Merz hei d'Franzose-n-e Schynangriff gäge Gümmene gmacht. Me het zwar meischteteils nume vo wytem über d'Saane-n-übere kanoniert und enand nid hert weh tha, aber toll gchlepft het's, und d'Bärner hei gloubt, es gäb e Houptschtoß, und drum hei si alli verfüegbare Truppe z'säme zoge-n-und ghörig Schtellung gnoh. Uf der Höchi, vo der Brügg gäge Morge, isch e Scharfschützekompagnie en tirailleurs poschtiert worde, und under dene Scharfschütze-n-isch e-n-edle Wettyfer gsi, jede Franzos, wo zur Brügg abe het welle, z'Bode z'knalle. I mene Gschtrüpp z'vorderscht am Bord sy öppe-n-es halbs Dotze dere Scharfschütze-n-am Bode gchneuet und hei passet. Alli hei uf ne-n-einzige Punkt, uf ne Zuunlücke-n-am änere Saanebord gluegt, und so gwüß, daß e Franzos a där Lücke vorby cho isch, so gwüß het's ne putzt. Gwöhnlech hei drei oder vier grad mitenandere gschosse. Jedesmal, wenn's wieder Eine gä het, so hei di Scharfschütze häll uf glachet und gjutzet. Aber o jedesmal het der gröscht vo dene Schütze-n-öppis apartigs gha z'plafere. Der erscht Franzos, wo si bodiget hei, het er welle-n-i ds Ohr troffe ha. »Gäu, dir hani ds Wattepöueli yhegschoppet,« het er gmeint. Nachem zwöite Schutz het er gseit: »Heit der gseh, wie däm d'Schtockzäng us der Schnöre gumpet sy? I ha-n-ihm grad düre-n-ungere Chifu gschosse.« – Nachem dritte Schutz het er welle ha, er heig der Franzos grad exakt i d'Schtirne troffe, ds Hirni heig bis i Öpfelboum usegschprützt. Aber nachem dritte Schutz het die Herrlechkeit es Änd gnoh. D'Franzose hei das wackere Trüppeli beobachtet und e Kanone druufgrichtet, und no bevor di Scharfschütze-n-ihri Schtutzer wieder hei glade gha, chutet's ob ihrne Chöpf düre, und es paar Schritt hinderne tätscht's i Bode-n-yne, daß d'Mutte höch ufgfloge sy. »Tuusige-Donner,« seit der Läng, »jitz chunt's nid guet, i gange,« und i länge Sätze-n-isch er bis i die nächschti Tüele pächiert. Syni Kamerade hei glachet und sy-n-ihm langsam nachetrappet. Dir wärdet scho errate ha, wär dä Muschterschütz isch gsi: der Chrischte vo ds Herr Früschigs. I der Tüele-n-unde hei si wieder glade. Da seit Eine zum Chrischte: »du hesch ja kei Füürschtei im Hane.« – Richtig, er het gfählt. »He, z'Donner,« meint der Chrischte, »jitz isch mer dä ob em Schpringe-n-usegheit.« »Ja warum nid gar,« antwortet e Dritte, »du hesch auwäg gar kene drin gha, du Schturm, du hesch gar nid gschosse.« – »Gar nid gschosse, was nid gschosse? – du dumme Hung, hesch nid gseh, wie-n-i se bricht ha, ihne-n-umen-angere?« – »Du tuesch ja geng d'Uhge zue, wenn d' der Schutz wosch ablah,« überchunt er ume. Mittlerwyle het Eine dem Chrischte sy Schtutzer gnoh und der Ladschtock dry gschtoße-n-und faht afah lache wie-n-e Narr. »Lue da, er giht ja nume no haub yche. Du hesch gar nüt gschosse, du Löu, du hesch ume geng ei Schutz ufe-n-angere-n-ueche glade. Du wirsch no weue warte, bis si über d'Brügg chöme, u se de au mitenang use la, he?« Und richtig, so isch es gsi. Der Chrischte het nid g'achtet, daß er kei Füürschtei im Hane gha het, und jedesmal, wenn er abdrückt het, het er d'Ouge zueta, der Chopf sowyt hindere gha, wie müeglech, und wenn d'Schütz vo syne Kamerade gchlepft hei, so het er gmeint, syne syg o use. Daß d'Zündpfanne na jedem Schutz no voll Pulver gsi isch, het er i syr Ufregung gar nid gmerkt, und daß der Schutzer nüt gschtoße het,

het er syr chreftige Natur zuegschribe-n-und dem Fueder Hudle, wo-n-er vor der rächte-n-Achsle-n-under d'Uniform gschoppet gha het, dä Höseler. Me het du sy Schtutzer a mene Boum befeschtiget und e Packfade-n-a Abzug bunde, für di drüfachi Ladig use z'la. Aber wolle, vo denn e wäg hei si-n-ihm ds blaguiere verleidet. Wo si ne du schpäter wieder i d'Schtellung füre gferget und ihm e Füürschtei i Hane gschrubt hei und er sy Chunscht hätti sölle zeige, het er nid emal d'Brügg breicht, dä Tropf. Der Lütenant het gseit, es nähm ne nume Wunder, wie sech dä Chrigel under d'Scharfschütze verloffe heig. Aber der Wachtmeischter, wo näbe-n-ihm gschtande-n-isch, het gmeint: »jä wou, Herr Lütenant, dä het ihnisch no guet gschosse, wo-n-er no dahimme gsi isch, im Eggiwiu hinger, u tou Miuch trouche het. Weder äbe, der Schnaps u d'Brichi chü 's nid guet z'säme.«

Und jitz der ander Chällerheld, der Kari! Dä isch am Abe vom 4. Merz mit mene Huufe-n-andere Flüchtige gäge Bärn zue. Aber wo si du am 5. Merz am Morge no einisch uszoge sy und d'Franzose-n-abem Wangehubel gjagt hei, isch er doch du o wieder derby gsi, wenn o nid grad z'vorderscht vorne. Ds Niederwange-n-isch der Kari hingäge i mene Burehus verschwunde-n-und erscht na mene Chehrli wieder zum Vorschyn cho. Er het sech der erschtbeschte Kompagnie agschlosse-n-und isch mittrappet, dem Landschtuehl zue. Wo si de Franzose wieder uf de-n-Absätz gsi sy, het's e Schtockung gä, und d'Offizier hei e Momänt Müej gha, der Angriff wyter z'trybe. Da gseht e Major üse Kari dahär z'schlarpe-n-und brüelet ne-n-a: »Seh, Tambour, Schturmschritt! – La gschoue, wo hesch dy Chübel?« – Jitz merkt der Kari ersch, daß er d'Trummle nümme-n-uf em Buggel het. »Eh ds Tüüner, ha-n-i ächt jitz die ds Niederwange la lige?« Unschlüssig isch er es Zytli da gschtande, zwüsche de Tannegrotzli, öb er ächt ga Niederwange, i das Burehus, zrück well. Aber underdesse hei anderi Tamboure-n-afah schla, und ds Züüg isch wieder i Gang cho. I dicke Schwärm isch alles uf d'Franzose los, und jitz het der Kari o welle derby sy. Er nimmt ds nächscht Gwehr, wo-n-er am Bode findt, und trappet geng süferli nache, so syni dryßig Schritt hinder der Schturmkolonne. Und was er mit syr Trummle jitz nid het chönne verrichte, het er emel mit dem Muul welle guet mache. I allem Wyterschtürme het er i eim yne brüelet: »Uf se mit Grien, gät ne nume, gät ne, gät ne-n-uf d'Gringe!« Und jedem tote Franzos, wo-n-ihm vor d'Füeß cho isch, het er no eis drübery gä mit dem Cholbe. Nume dene, wo no zablet hei, isch er uswäg gange, will er dänkt het, me wüssi nid, was so Eim no z'Sinn cho chönnti.

Und wo si d'Franzose-n-i d'Sänse-n-abe gheit hei, isch er obe-n-am Bord blybe schtah und het brüelet: »so rächt, da hiht der's, dir Fötzle. Es söu nume no Ihne-n-ueche cho, mer wih-n-ech de zihge, wo d'Chatz im Schtrou lyt.« Und wo si du sy cho säge, Bärn syg über, het er am wüeschtischte ta und gmacht, wie wenn är allei d'Franzose gchlopfet hätti. »Ja däich wou,« het er dry brüelet, »jitz wo mer ne grad uf e Gring gä hei?«

Uf em Heimarsch ga Bärn chunt er bi'm Ladewandguet dem Chrischte nache. – Dä blybt schtah und seit: »So, läbsch o no? – Jitz isch der Tschuep us.« – »Däich wou, däich,« antwortet der Kari, »'s isch auwäg gschyder.« Aber si hei Beidi gmeint, we me si hätt la mache, 's wär allwäg anders usecho.

Das het überhoupt denn e Jede gmeint und nid am wenigschte der Herr Vilbrecht, wo syni Froue-n-i der Schtadt gla het und allei i ds Oberried use züglet isch, ga chupe.

Jitz mueß ig ech no öppis brichte vo mene nid offizielle Mitkämpfer.

Wo's im Grauholz äne chrumm gange-n-isch und der Landschturm und ds ander Chriegsvolk hoggis-boggis über ds Bündefäld yne cho und dür d'Schoßhalde-n-us dervo gloffe-n-isch, het der Unggle Mäni a sym Hus la d'Fellläde zuetue. Er isch i mene Zorn gsi, daß me gfürchtet het, der Schlag chönnt ne träffe. Er het d'Jagdflinte füregnoh für alli Fäll und sech uf ds Üsserschte parat gmacht. Vo Zyt zu Zyt het er der eint Felllade chly ufta, für z'luege, was öppe d'Schtraß ab chöm. Undereinisch gseht er es Meitschi dahär cho z'rönne, das het z'Hülf gschroue, gar jämmerlech, und wyter obe chunt e Husar cho z'schpränge. Der Unggle Mäni het di Situation grad begriffe. Er schimpft vor sech ane: «attends, cochon, tu auras ton compte,» nimmt d'Flinte-n-und schteckt der Louf dür ds härzförmig Heiterloch vom Felllade, und wie der Husar vorby isch, seit er: «tiens bougre!» und schießt – Päng! Aber o wetsch! Er het i der Ufregung der Ladschtäcke-n-im Louf vergässe. Dä sumset usen-und – pft! – dem Roß i d'Hinderbacke. Das schtet bolzgrad uf, der Husar schießt mit sym Chopf a ne Boumascht, daß me's änet dem Hus het ghöre chnätsche, und tätscht hindenabe wie-n-e Maltersack. Ds Roß isch mit sym hölzige Schtiel ventre-à-terre dervo, und der Husar isch i der schönschte Merze-Gülle gläge, der Chops bis zum Chini i sy Pelzchappe-n-yne gchnütschet, und het e keis Glied grüehrt. Da chunt us der Schüüre d'Lächefrou mit mene Charscht derhär. Hindernere här chunt der Ma und seit:»Was wotsch, Annelisi? – La ne la sy, la ne la sy!«»Nih,« antwortet si,»nihnis gwuß, dä wih mer jitz grad näh, so lang er no schturme-n-isch.« –»Was wosch mit ihm?« –»I ds Bschüttloch, das git guete Satz.« Aber chuum het si das gseit, so chöme-n-obe-am Gäßli e ganze Huufe Husare zum Vorschyn. Si sy zwar nid ds Gäßli abcho, sondere-nüber ds Fäld galoppiert; aber d'Lächelüt hei für guet gfunde, der Rückzug a z'trätte-n-und sech ga z'verschtecke.

Öppe-n-e Schtund isch dä Husar da gläge, und Niemer het na-n-ihm gluegt. Di flüchtige Landschtürmer hei sech nid Zyt gnoh, will si geng d'Franzose-n-uf de-n-Absätz gschpürt hei, und us de Hüser het Niemer füre dörfe. Wo du lang Niemer meh vorby cho isch und me dänkt het, es syg nüt meh z'förchte, isch du afe dem Herr Landorfer sys resolute Chöchi fürecho und bald druf d'Chinder vom Lächema, für d'Gwundernase cho z'fuetere, und du der Mälcher und du der Gutschner und z'letscht der Lächema und sy Frou. Die sy du alli um dä Husar umegschtande-n-und hei afah berate, was me mit däm Kärli söll aschtelle.

»Das isch ja-n-es Wybervouch,« meint ds Lächemas Meißli.»Äh, schwyg schtürme,« schnauet ne sy Muetter a und git ihm e Mups, daß er schier umtrolet.»He wou, Muetter,« fahrt er furt,»lue, er het ja Züpfi.«»E das hi si drum e so, du Schturm.« –»Isch er ächt tot?« fragt ds Chöchi.»Nih-nih, dä läbt no,« meint der Mälcher, und der Lächema:»näht dir ihm afe der Sabu awäg, süsch wenn er de ume zue-n-ihm chunt, su chönnts de no fähle.« Der Gutschner het gfunde, me sötti furt mit ihm, me dörf dä nit so la lige. D'Lächefrou het wieder für ds Bschüttiloch afah plaidiere; aber di Andere hei-n-ere gwehrt. Ds Chöchi het gseit:»Eh, aber, aber, was dänket Der o? D'Franzose sy o Lüt.«»Aber kurligi,« räggct ds Annelisi,»me wihs ja gar nid, was hingefer u was vorfer isch a-n-ihm. Der Gring het er um un um ghaaretc.« Der Mälcher meint:»He das isch d'Chappe; diser hei emu Gfräser gha.« –»Das gseh-n-i o, du Tschauppi,« brüe-

87

let ds Annelisi, wo du nid het welle der Name ha, das es nüt a der Gschicht begryfi. »U we me-n-ihm e Schtei a Gring bung u-ne de nam Vernachte-n-i ds Möösli gheiti?« meint der Lächema. –»Ja, wär wett o?« seit der Gutschner, »emu i fergge ne de nid dert ache.« Ds Chöchi het o proteschtiert gäge dä Vandalismus, aber d'Lächefrou het tha wie-n-es Söuli und isch geng wieder mit ihrem Vorschlag cho. Wie si am beschte dranne sy, hinderenand z'grate, faht undereinisch der Husar i syr Chappe-n-inne-n-afah mögge. Ds Chöchi und der Gutschner sy dervo gschtobe, und d'Chinder sy hindere Haag gschprunge. Aber ds Annelysi het nid abgä und het nid Rueh gha, bis sy Ma und der Mälcher der Franzos i ne Grasbäre gleit und verschproche hei, si welle mit ihm i ds Möösli.

Wo ds Chöchi gseh het, wie si mit ihm der dür us gfahre sy, het's e Gruse-n-und e-n-Angscht übercho und gjammeret, das bringi de Unglück. Es isch der Herr Landorfer ga sueche, – es het nämlech no gar nid gwüßt, daß är gschosse het – für ihm di Moritat vo de Lächelüt ga z'brichte. Aber Hus uf, Hus ab, Türe-n-y, Türe-n-us, isch niene kei Herr Landorfer gsi z'finde. Der Gutschner het o müeße sueche. Vom Eschterig bis i Chäller hei si gsuecht, i allne-n-Egge, und niene het me ne gfunde. »Dä het allwäg ds Päch gä, währeddäm mir mit däm Franzos hei z'tüe gha,« meint der Gutschner. »Ja warum nid gar,« seit ds Chöchi, »für was sött jitz dä ds Päch gä? Dä het ja nüt z'förchte.« – »Nüt z'förchte! Öppe schier het dä z'förchte,« belehrt der Gutschner ds Chöchi, »er het ja dä Husar gschosse.« – »Eh du bisch nid gschyd, gang mer awäg!« – »Gwüß, gwüß, Mareili, i ha's ja gseh, u das isch verbotte, we me nid bim Milidär isch.« – »Eh, eh, eh, aber nei.« Das arm Chöcheli het schier d'Schprach verlore vor Chlupf. Aber der Johann het ihm betüüret, es syg e so gange, wie-n-er sägi, er well ihm's grad am Gwehr zeige. Und du sy si du z'säme-n-i d'Schtube-n-use, und der Johann het am Gwehr vordemonschtriert, wie's gange syg. »Eh der Tüüner, häb Sorg, daß es nid losgeit,« angschtet ds Mareili, »aber säg, was sölle mer jitz mache, wenn er furt isch u mir allei da?« – »Eh bah,« meint der Gutschner, »so syg er. Emel afe-n-e chly guet ha wei mer jitz. Dä lat si de scho wieder zueche, häb nid Chummer.« »We me nume wüßt, wo-n-er isch!« jammeret ds Chöchi. Aber der Johann het gmeint, es syg ja gschyder, me wüssi's nid, süscht, we's de uschäm u si ne de chäme cho sueche, so müeßt me ne no verrate. Das nahdischt wetti's de nid, het ds Mareili betüüret.

Es het afah nachte, und der Herr Landorfer isch nid zum Vorschyn cho. D'Dienschte hei z'nachtgässe, und der Johann het vo der Situation afange profitiert, indäm er di abruuchti Fläsche Villeneuve usem Äßschtubeschaft gnoh und ufe Chuchitisch verpflanzt het. Ds Mareili het ihm der Schelm fürgha; aber är het gseit: »wart nume, es git jitz de no meh settige.« Ds Mareili het sech schuderhaft gförchtet und het schier nid i ds Bett dörfe; aber mit dem Johann het's doch nit di ganzi Nacht welle-n-ufblybe. Es het e so viel gjammeret und schröcklechi Vermuetunge vo sech gä, daß sech der Gutschner z'letscht o het afah förchte. Schließlech isch aber der Johann doch schläferig worde-n-und isch i sy Chammere-n-ufe, und ds Chöchi het sech i der Meitlischtube hinder der Chuchi verbarrikadiert.

Scho lang isch es im Bett gsi, het aber e keis Oug zuetha, da ghört's öppis cho z'düüßele dür d'Chuchi, und bald druuf dem Johann sy Schtimm: »Mareili, Mareili!« – »Was wottsch?« – »Thue uf, es isch unghüürig überobe.« – »Ja, warum nid gar, gang mer awäg.« – »Nei gwüß, gwüß, chum los!« – »Ah bah, i weiß scho, was du wottsch, du Uflat, gang nume, gang!« – »Eh was wetti welle? Chum los doch!« – »Du wottsch nume dervo profitiere, daß der Herr furt isch, mach, daß d' furtchunsch!« – »Aber los doch! I gloube, der Husar gang um.« – »La du dä nume mache, es husaret si da nüt, gang nume, gang!« So hei si no-n-es Chehrli wyter verhandlet, bis du ds Mareili sälber öppis im Gang ghört umeschlarpe-n-und 's undereinisch es schuderhafts Tschäder git. »Was machsch o?« brüelet's use. »He nüt mache-n-i,« jammeret der Gutschner, »tue doch uf! Los, es chunt, es chunt. Es chunt i d'Chuchi, mach Liecht!« Jitz leit sech ds Mareili hurti, hurti a und chunt mit dem Lämpli, wo's no gar nid het glösche gha, i d'Chuchi, und, wo si i Gang use wei, schteit under der Chuchitür – schwarz wie ne Chemitüfel – es Mandli. Di beide Dienschte hei gredi use brüelet vor Chlupf, und bi mene Haar hätti ds Chöchi sys Lämpli la falle. Da wäre si de schön dranne gsi, i der schtockfyschtere Chuchi, mit dem Gschpänscht z'säme. Aber zu ihrem Erschtuune-n-und doch zum Troscht erhebt das Gschpänscht sys Schtimmli und seit: »Mareili, chömet mer cho Liecht mache-n-übere!« Richtig, es isch der vermißt Herr gsi. Dä arm Gügger isch, wo-n-er sy Fählschuß tha het, i ds Kamin gkrochen-und nah-ti-nah dür ds Chemi uf gschloffe. Vo dert het er ghört, wie si ne sueche und het gmeint, es syge d'Franzose. Je meh Türe-n-er het ghöre schletze, descht höcher ufe-n-isch er gchräblet, bis er über sech d'Heiteri gseh het. Erscht wo di Heiteri scho lang verschwunde gsi isch und me weder im Hus, no sünscht amene-n-Ort meh es Lärmeli ghört het, isch er du wieder abegrütscht und im Hus ume tappet für ga Liecht z'mache, und derby het er im Gang e Bluemetisch mit allne Gschirrli druff umgworfe.

Jitz het er syne Dienschte-n-erklärt, er well flieh. Dem Gutschner het er e Brief gä a sy Schwägeri im Schteinibach, und dem Mareili het er ds Hus zu treuer Huet anbefohle. Er het natürlech o nam Husar gfragt, und wo si-n-ihm ds Vorhabe vo de Lächelüte verrate hei, het er erscht rächt Angscht übercho und pressiert. Alli Warnunge-n-und Ywänd hei nüt abtreit. Er het ne nidemal gseit, wohin-er gang, und no bi Schtärneschyn het sech dä alt Herr z'Fueß ufe Wäg gmacht.

Ja, wenn dä Guet gwüßt hätti, wie unschuldig di Ersüüffete-n-abgloffe-n-isch! Dem Lächema und sym Mälcher isch es gar nid drum gsi. Si hei der Husar nume bis uf e nächschte Hubel gfüehrt und ne dert über ds Bord abgläärt. Der Husar isch e halb Schtund schpäter wieder ganz zue sech cho und het no der Wäg i d'Schtadt gfunde. Was mit ihm gange-n-isch, het er nid gwüßt. Us de Gfüehl a sym Chopf het er gschlosse, er heig allwäg amene-n-Ort Schleg übercho, wie scho mängisch.

8.
E Dokter isch doch mängisch no guet für öppis.
Ds Bethli macht i nere Griengruebe Toilette, und sy Papa chunt i d'Chefi.

Der Herr Vilbrecht isch nid vo dene-n-Eine gsi, wo gärn im Trüebe fische, und drum het er nachem Übergang o nid welle gältend mache, daß är de zu der Friedespartei ghört heig, trotzdäm er unerschütterlech bi syne-n-Ansichte blibe-n-isch. Er isch schuderhaft erbost gsi über dä truurig Usgang, und drum het er furt welle, us der Schtadt use, i sys Oberried. Und göb was me der gäge-n-ygwändet het, isch er am Abe vom 5. Merz use, z'Fueß. Es isch wahrhaftig e kei Gschpaß gsi, vo wäge der Landschturm het di ganzi Umgäged usicher gmacht, bsunderbar für di bekannte-n-Anhänger vo der Friedespartei. Aber i der Schtadt het's der Herr Vilbrecht gar nid usghalte. Zwar het da, wo der Tod Lücke-n-i d'Familie grisse het, ds gmeinsam Leid der Hader e chly gmacht z'verschtumme. Anderswo het o d'Arroganz vo de Franzose, wo sech i der Schtadt hei afah breit mache, d'Gägner usgsöhnt. Aber a gar mängem Ort het ds Unglück di politischi Lydeschaft zu pärsönlechem Haß gschteigeret. »Ha-n-is nid gseit, es chöm de so?« het der Herr Vilbrecht mit syne Gsinnungsgenosse gfragt, und d'Gägner hei giftig umegä: »Wär isch d'Schuld dranne, öppe nid die, wo d'Chriegsrüschtunge verhinderet und ds Volk chopfschüüch gmacht hei?«

Sobald der Papa gseit het, er well i ds Oberried, het ds Bethli erklärt, es chömi mit, es well wüsse, öb der Ruedi Landorfer hei cho syg. »Dumms Züüg!« het der Ratsherr afah schmähle, »was wettisch du jitz dert usse? – Du blybsch bi der Mama. So jungi Meitscheni sölle jitz bi'm Donnerli d'Nase hindere ha.« Ds Bethli het afah duble-n-und ufbegähre-n-und hüüle, es well eifach wüsse, öb der Ruedi no läbi. »Das wird sech de scho zeige, schwyg! I wott e keis Gsicht.« – »So gange-n-i ne-n-eifach allei ga sueche.« – »Du nimmsch di in acht, i ha der gseit, was de z'tüe heigisch, punktum!«

Es isch aber e kei Viertelschtund verschtriche gsi, sitdäm der Herr Vilbrecht d'Hustüre hinder sech zuetha het, so het d'Jumpfer Elisabeth es Shawle über e Chopf zoge-n-und isch uf und dervo, gäge ds obere Tor zue. Bis dert hi isch si ungschore-n-awäg cho; aber dert het si nümme wyter gwüßt, vowäge ds Tor isch gschperrt gsi dür ne Kuppele Franzose. Ds Bethli het wohl oder übel müesse-n-umchehre. Es isch bis zum Portal vom Burgerschpitel zrückgange-n-und het dert gwartet, i der Hoffnung, es findi sech doch de öppe-n-e Glägeheit, dür ds Tor use z'schlüüfe. Und wär isch abermals der Retter i der Not worde? Der Doktor Chnuuschti. Mit sym Schnäfel-étui underem Arm isch er cho z'rönne, begleitet vo mene französische Sergeant. »E, Herr Dokter, wo ganget Dir hi?« schtürzt sech ds Bethli uf ne zue. »I ds Schloß Hollige, ga Franzose blätze.« – »Gället, i darf mit Ech cho, nume-n-e bitz wyt, nume bis vor ds Tor?« »Was weit Dir dert usse?« Jitz mischlet sech der Sergeant dry und seit: «Dépêchez-vous, citoyen!» – »E ja, nume nit gschprängt, di Grööggle wärde-n-öppe wohl warte, mira verräble si! Es het ere geng no gnue,« schnauet der Dokter sy sauvegarde a. »Afin, Jumpfer Vilbrecht, chömet nume mit, Dir gseht, es pressiert schynt's; Dir chönnet mer de underwägs brichte.« Er git dem Bethli der Arm, zieht's fescht a sech und seit dem Sergeant, er süll's uf der andere Syte beschütze, und so sy si mitt's dür d'Torwacht düre gschtüüret, unbekümmeret um alli schlächte Witze, mit dene me se bombardiert het.

Ds Bethli isch froh gsi, das Thor hinder sech z'ha und het gar nid dra dänkt, wie-n-es de wieder yne chöm. Es het dem Dokter gseit, es suechi sy cousin – dir begryfet, e so vom Adam nache sy mer am Änd alli enand cousins – und der Papa syg äbe furt, drum müeß es halt sälber ga luege. Der Dokter het zwar scho g'ahnet, wie das öppe-n-e Sach syg mit däm cousin und het diskret gschwige. Wo si gäge-n-Ängländerhubel chöme, begägne si a nere Schwadron französische Draguner. Dem Bethli het's gruuset bim Gedanke, daß sy Ruedi sech villicht mit dene Kärlse heig müesse schla. Mit ihrne glänzige Hälme-n-und de länge, schwarze Roßschwänz hinde-n-abe hei si nid grad heimelig usgseh. Üsi Lütli sy hinder ne Zuun gschtande, für ne nid z'nach z'cho, und da hei si öppis über sech müesse la ergah, wohl! Es isch nid mänge vorby gritte, oder er heig ne-n-e Schlämperlig aghänkt. »Gnad Gott is!« het der Dokter gseit, wenn Die jitze z'Bärn sölle regiere. Änet dem Ängländerhubel, gäge Weyerma'shus übere, isch es großes Lager ufgschlage gsi; drum isch me lieber nid wyter gäge Bümplitz. Me het o kei einzige Bärner meh vo dert här gseh cho. Der Dokter het gseit, ds meischte syg allwäg über Chünitz und gäge ds Oberland zue. »Jä, was weit Dir jitz?« fragt er ds Bethli, wo si bi'm Schloß Hollige-n-achöme-n-und är dert yne het müesse, für verwundeti französischi Offizier ga z'bsorge. »I sueche halt wyter,« meint ds Bethli. »I gieng hei, wenn i Euch wär,« het ihm der Dokter grate, »lueget, es chunt ja niemer gäge d'Schtadt zue vo üsne Lüt, und de Flüchtige nacheschpringe chönnet Der emel o nid.« – »So gange-n-i gäge Schteinibach use,« seit ds Bethli trotzig. »Afin, Adieu, i mueß jitz da yne, wenn Der de mit mer wieder i d'Schtadt weit, so wüsset Der, wo-n-i bi.« Dermit isch der Dokter mit sym Sergeant dür d'Allee yne, und d'Jumpfer Elisabeth isch seelenallei uf der Schtraß gschtande. Jitz isch se d'Angscht acho. Hei het si nid rächt dörfe, und i Schteinibach het si nidemal der Wäg rächt gkennt. Ohni eigetlech z'wüsse, wohi si chunt, geit si am Schloß vorby, gäge Chünitzbärgwald. Wyt und breit isch e kei Möntsch umewäg gsi; nume d'Schpure het me gseh vo der Flucht, überall sy Armaturschtück umegläge. Vom französische Lager här het me-n-es Gsürm ghört, und hunderti vo chlyne Rouchsüüle sy druus ufgschtige zu-n-ere große, wüeschte Wulke, wo der Wätterluft gäge d'Schtadt zuetribe het. Am Chrützwäg bi'm Burgerezielschtei blybt ds Bethli schtah und schtudiert, öb's ächt gäge Wabere zue well oder umchehre. Es isch e so schuderhaft uheimelig gsi; rächts hinder der Allee das Franzoselager, hinder ihm ds Schloß Hollige voll Franzose, vor ihm fyschter, schtumm und gheimnisvoll der Wald, gäge linggs der Wäg mit dene wäggworfene Waffe, Haberseck und Hüet, d'Matte no dürr und gäl, im Schatte no Schneefläcke. Und über allem isch der Himmel voll graue Wulke ghanget. Di grusigi Schtilli het agfange-n-ihm uf ds Härz drücke, und es het sech verlore-n-und verlasse gschpürt, wie no nie.

Da ghört's vom Bawartehus am Waldegge här Schritte-n-uf der Schtraß, und bald druuf schlarpet e-n-einsami Mannsgschtalt dahär. Es isch e große, schlanke Ma gsi, ohni Huet, ohni Chutte, i gälläderige Hose-n-und Rytschtiefle, e Sabel a der Syte. Vo Zyt zu Zyt isch er blybe schtah und het mit gsänktem Chopf schträng gäge d'Fryburgschtraß gluegt. Im Wytergah het er der Chopf la hange, und mängisch het's Gattig gha, er well umfalle. Wo-n-er necher chunt, schteit ds Bethli afe hinderne Boum; aber es het ne nid us den-Ouge gla. Er isch nume-n-öppe no zwänzg Schritt wyt gsi, da gseht's, daß der ganz rächt Arm vo däm Ma über und über bluetig isch und d'Chleider o uf der rächte Syte, und bleich isch er gsi wie der Tod. Ds Bethli het schier nümme dörfe der Athe zieh, es hätt möge dervo schpringe, aber es isch nid vom Fläck cho, und s' isch ihm gsi, wie wenn me-n-ihm der Chopf hätti, daß es müeßt uf dä Mönsch luege. Jitz chunt er – da schteit er am Chrüzwäg, luegt no einisch gäge d'Fryburgschtraß, chehrt um und geit gäge Wabere. Ohni ds Bethli z'gseh, geit er vorby, schwankend und langsam. Da schpringt's hinder sym Boum füre-n-und rüeft mit Härzchlopfe: »Herr Lombach!« Er schteit schtill, luegt ume-n-und glotzet mit halb verirrete Blicke das Töchterli a. Jitz kennt's ne sicher ume-n-und geit uf ihn zue: »I bitte-n-Ech, wie gseht Dir us? Was heit Der? – Wo weit Der hi?« – »Hei,« seit er mit mene-n-unsäglech truurige-n-Usdruck, »hei möcht i, wenn i chönnt.« – »Dir syt ja gräßlech blessiert, zeiget!« Es het dem Bethli e großi Überwindung gkostet, das z'säge und no viel meh z'luege, wo sech der Houpme Lombach chehrt, für sy Arm z'zeige. Er isch obe mit mene Naselumpe-n-underbunde gsi, und vom Ellboge bis zum Handglänk isch wie ne Korporalsschnuer e klaffendi Schnittwunde schreg über-e ganze-n-Arm gange, und ufgschwulle-n-isch er gsi, blau und gäl, und die bluetige Fätze vom Hemlisermel sy dranne gchläbt; öppis gruusigers het me nid grad chönne gseh. I will nid säge, was dem Bethli bi däm Anblick etwütscht isch. Mir wei ihm das nid verarge; mängem Andere wär's a sym Platz übel worde!

»Das miech mer no nid so viel,« seit der Houpme Lombach, »aber mys Roß, mys herrleche Roß!« Um syni Lippe-n-ume het's zuckt, und schutzwys het er roti Backe-n-übercho und isch wieder wyß worde, und d'Ouge hei-n-ihm uheimelig gluuchtet. »Was isch mit Euem Roß, het me-n-Ech's erschosse?« – »Wenn's no das wär! Aber gschtohle hei mer's di verfluechte Hallungge, eifach gschtohle, währed-däm i e-n-Ougeblick ohni Bsinnung am Bode gläge bi. Und das Alles für nüt, für rein nüt. – Sy si scho i der Schtadt, d'Franzose?« – »Ja, scho lang.« – »Äbe, da hei mer's, was söll i jitz mache?« – »Loset,« meint ds Bethli, »der Dokter Chnuuschti isch z'Hollige-n-im Schloß. Er tuet dert französischi Blessierti bsorge.« – »Derthi chume-n-i emel nid,« antwortet der Houpme Lombach trotzig, »da ha-n-i no my Sabel, und dä gibe-n-i nid ab, wenn i ne bis dahäre ha chönne bhalte. Wenn scho Alles zum Tüfel isch, su gibe-n-i dä glych nid, ää.« – »So wartet da, i gange de der Dokter ga reiche.« Da druuf isch er du ygange, und si sy z'säme no öppe hundert Schritt wyt dür e-n-Acher, bis zu mene Gschtrüpp, wo-n-er sech guet het chönne verschtecke. »Loset,« fragt ne jitz ds Bethli mit Erröte, »wüsset Der nüt vom Ruedi Landorfer?« – »Aha, jitz begryfe-n-i, wie Dir dahäre chömet,« seit är, und über sys verzerrte Gsicht isch wie-n-e flüchtige Sunneblick es Lache gschtriche, »nei, i weiß nüt, i weiß vo Niemerem nüt; dä Morge ha-n-i ne no gseh im Forscht, da isch er emel no ganz gsi; aber sider isch halt mängs gange.« Mit Träne-n-i de-n-Ouge-n-isch uf dä Bscheid hi ds Bethli düre-n-Acher us gäge Hollige zrückgschprunge, und es ganzes Buech voll Vermuetunge-n-isch ihm uf däm Wäg düre Chopf gange. Zum Glück het ds Pflichtgfüehl gäge Houpme Lombach ihm emel jitz gseit, was es z'thüe heig.

Wo-n-es i d'Schloß-Allee ybiegt, gseht es es Küppeli Franzose, die wahrschynlech da hei sölle Wacht ha und so um ne Boum gschtande sy und tubaket hei. Eine dervo chunt uf ihn's zue und schteit ihm i Wäg. «Qu'est-ce que tu cherches, chérie?» Aber ds Bethli nid fuul, git däm Kärli e Schups, daß er schier überzwirblet isch. Und di andere Soldate hei sech der Buuch gha vor Lache. Flingg wie-n-es Reh isch ds Bethli vorby grönnt, gäge ds Schloß. Der Soldat wott ihm nacheschpringe, schtolperet über ne Boumwurzle-n-und chunt e Blätz wyt uf allne Vieri nache, und wo-n-er d'Jumpfer Vilbrecht schier het möge-n-errecke, cha si-n-ihm grad d'Hustüre vor der Nase zueschla und der Riegel schtooße. Das isch du frylech dem Bethli afe-n-e chly i d'Chneuäcke cho, und es isch e Momänt im Husgang blybe schtah und het gschlotteret. Us nere Schtube-n-im plainpied hinde-n-use, gäge d'Fryburgschtraß, het me Schtimme ghört, und ds Bethli het bald die vom Dokter umegkennt. Ohni sech lang z'bsinne, geit es i di Schtube-n-yne. Das isch e schützleche Märit gsi dert inne. Am Bode, uf Matratze, sy-n-es paar Verwundeti gläge-n-und hei gjammeret, und Anderi sy uf Schtüel a de Wände-n-ume gsässe, und am Fänschter vorne het der Dokter Eine-n-uf mene-n-Äßtisch gha und ihm ds Chneu ybunde. Als Assischtänt het er e-n-Offiziersbediente gha. Uf allne ledige Schtüel sy bassins und Chacheli und anderi Ruschtig gschtande, und me het sech schier nid chönne rüehre, und derzue het's gschtunke wie d'Pescht. Me hätti sölle meine, dem Dokter wär ds Bethli vürig gsi i däm Verchehr inne. Und d'Franzose hei ihn's kurios agluegt. Nume-n-Eine vo de Liechtverwundete het gschine Freud z'ha a-n-ihm und het bald agfange-n-ihm verliebti Ouge mache. Es het sech desse nüt g'achtet, sondere dem Dokter ghulfe, so schträng es het möge, und i allem Handlangere het's ihm im beschte Bärndütsch erzellt, wie's mit dem Houpme Lombach schtandi und ihn gfragt, öb er nid well cho luege.»Natürlech chume-n-i, i bi froh, wenn i us däm Gschtürm use chume. Was wott i das Pack da ga flicke, wenn i üsne-n-eigete Lüt cha hälfe? – Aber, mer müeße luege, wie mer use chönne. – I schicke-n-Ech jitz de öppis ga reiche, und de bringet mer's de, und de schicke-n-ig Ech de no einisch, und de ganget Der mer de hinder d'Schüüre ga warte.« Vo denn eẅäg het der Dokter jedes Inschtrumänt, nahdäm er's bruucht gha het, i Sack gschtoße, bis er schier alli by sech gha het. Ds Bethli het gmacht, wie-n-er ihm befohle het, und im rächte Momänt seit er zu sym Assischtänt: «sappristi, où reste-t-elle donc? Tenez-là» und git ihm en Arm z'ha, wo-n-er juscht vernäit gha het. Druuf schiebt er use, wie wenn er ds Bethli wett ga reiche. Aber schtatt desse schpringt er hinder d'Schüüre, wo ds Bethli mit nere halbvolle Wassermälchtere parat gschtande-n-isch, und du sy si, so guet si chönne hei, ohni z'viel Wasser z'verschütte, zum Houpme Lombach gschprunge.

Wo si zue-n-ihm chöme, liegt er da wie tot. Sogar der Dokter isch erchlüpft, vo wäge-n-er isch e so schtyf gläge, mit usgschtreckte-n-Arme, chrydebleich und d'Ouge sy e so halb offe gsi, daß me grad ds Wyße chly gseh het. Ds Muul het er o offe gha. Gschwind gryft der Dokter der Puls und seit:»es macht nüt; aber mer wei mache, daß mer bald mit ihm ab Fläck chöme. Z'erscht mueß das Züüg e chly putzt sy.« Flingg schnydet er dem Houpme Lombach der Hemlisermel ab, rupft ne los und faht a der Arm wäsche-n-und d'Wunde-n-usschpüehle. Jitz löst er ihm d'Underbindung, und uf der Schtell louft ds Bluet wieder us der Wunde; da chunt ihm i Sinn, daß si gar e keis Verbandzüüg by sech heige.»He z'Tüfeli, was wei mer jitz mache?« meint der Dokter,»ga Hollige dörfe mer nümme, und es pressiert. Heit Dir nüt by-n-Ech, wo Der chönnet gä?«–»Wartet,« seit ds Bethli, schpringt uf und dervo und verschwindet i nere Griengruebe, wo öppe ne chlyne Schybeschutz wyt im Acher gläge-n-isch. Keini drei Minute-n-isch es gange, so touchet's wieder us em Bode-n-uf, um nes Ideeli schlanker als vorhär, und schwänkt wie-n-e Fahne triumphierend es bländig wyßes Underjupon.»So rächt,«

seit der Dokter, »mit Euch isch emel no öppis; aber jitz müesset Der mer no chly hälfe.« Flugs hei si das wärtvolle Fähnli i Schtreife versablet gha. Du het ds Bethli müeße-n-a Bode chneue und dem Houpme sy Chopf uf d'Schooß näh und ne ha, und derwyle het der Dokter d'Wunde rangiert und verbunde, dem Houpme sy Sabel gnoh und der ganz Arm fescht dra gschnüert. Däwäg het er dem Blessierte zuglych mit dem Arm der Sabel grettet. Vo däm allem het der Houpme Lombach nid viel gmerkt. Z'erscht het er i sym Fieber Roß über sech gseh, wo sech über ihm böumt und mit de Huefe gäge-n-ihn gschlage hei, und ihn het's dunkt, er ligi am Bode, i mene-n-Acher bi Neuenegg, und e-n-unsichtbari Hand drück ihm der Chopf fescht uf ne Grasmutte, daß er nid chönni flieh. Über sech het er i-n-es Füür gseh, wo der ganz Himmel mit nere furchtbare Röti überzoge het, und vo hinde-n-isch über ihn, wie-n-es Riesegschpänscht, e Wulke-n-a däm Himmel ufzoge-n-und het ihm angscht gmacht. Nah-ti-nah hei d'Ränder vo der Wulke d'Gschtalt vo Locke-n-agnoh; d'Wulke-n-isch dunkler worde, d'Umrisse häller. Di ganzi Wulke het sech ruckwys bewegt, der Himmel isch gräller rot worde, und plötzlech geit öppis wäg, wie ne Schleier, und er luegt schtatt uf ne Wulke, i ds schöne, fründleche Gsicht vom Bethli.

Wo-n-er das erchennt i sym guldige Lockechranz zwüsche sym Eländ und dem düschterrötleche-n-Abedhimmel, isch er vollends zue sech cho. Er isch ufgsässe, het ganz verschtuunet um sech gluegt und erscht jitze gmerkt, daß sys Chopfchüssi nid e Grasmutte gsi isch. Der Dokter het ne wieder ufgschtellt und du hei si ne zwüsche sech yne gnoh und sy wyter gange, gäge Sulgebach und i ds Marzili abe, für vo dert dür ds Marzilithor i d'Schtadt z'cho, was ne-n-o ganz guet glunge-n-isch.

Underwägs isch nid grad gar viel gredt worde. Nüt descht weniger isch der Houpme-n-erwarmet, und wo sech syni Samariter vo-n-ihm verabschiedet hei, het us syne-n-Ouge nid nume di biederi Dankbarkeit glüüchtet, o nei, no ganz öppis anders. Und unuslöschlich isch i syr Erinnerung blibe dä Ängelschopf vor em bluetrote-n-Abedhimmel. Aber er isch e ganze Ma gsi, dä gwüßt het, was me-n-a mene Fründ schuldet. Ds Bethli het übrigens o meh als bloßes Mitlyde für ihn epfunde; aber o ihm isch der Herr Lombach nüt anders als e Fründ vo sym Ruedi gsi und blibe.

97

Der Epfang vo Syte vo der Mama het a däm Abe nid us luter Müntscheni beschtande, wie me sech cha dänke, vowäge di armi Frou het Todesängscht usgschtande und – was ds dümmschte vo Allem isch gsi – i ihrer Not scho dem Papa i ds Oberried use la Bscheid mache, ds Bethli syg abhande cho. Das het kei nätti Pärschpäktive gä. D'Mama het ds Bethli no bald einisch möge gschweigge mit dem Bricht vo syne Heldethate. Aber der Papa, der Papa! Glücklecherwys het me gloubt, er syg im Oberried usse. Ja, wenn si gwüßt hätte, daß er i der Chefi sitzt! Gschlafe het me-n-aber ohni das nid wichtig, will me vom Ruedi Landorfer gar nüt vernoh het.

Aber der Ratsherr i der Chefi, wie het das chönne gscheh? – Ganz eifach. Sobald er vernoh het, sy Tochter syg verlore, isch er schnuerschtracks gäge Bärn zue grönnt und am zächni z'Nacht atelos vor em obere Thor acho. Natürlech het ne di französischi Wacht nid ynegla. Er het ne gseit, er syg der Herr Vilbrecht und syg Bärnburger und Ratsherr und Mitglied vo sibe Kommissione, und, wo si-n-ihm uf di ganzi Schpyscharte nüt hei welle gä, isch er grob und gröber worde, und z'letscht het er em Poschtechef e Mupf gä und gseit, es nähm ne doch ds Tüfels wunder, öb das jitz die neui Mode söll sy, daß e Bärnburger vorusse müeßt übernachte.»Das nid juscht,« het me-n-ihm gä z'verschtah und het ihm e Schtrouburdi im cachot als provisorische Burgernutze-n-agwiese. Dummerwys hei si-n-ihm kei Latärne-n-yne gä, süsch hätt er sy «Jean-Jacques» chönne-n-us der Chuttetäsche näh und der contrat social repetiere. Villicht het er's us em Gedächtnis gmacht, i weiß es nid. Friedesschalmeie söll me di sälbi Nacht neue-nid ghört ha vor de Kasemattfänschterli.

Am andere Morge, am nüni öppe, isch e höchere-n-Offizier uf d'Wacht cho und het der Ratsherr verhört und nachhär het me ne la loufe. D'perruque-n-und der Rügge voll Häckerlig, isch der Herr Vilbrecht i sym Hus aglanget und het nam Bethli gfragt. Wo-n-er vernoh het, es syg ume cho, het er sech la bürschte-n-und sünsch toilette gmacht; nachhär het er déjeuniert und du het er sech i syr Schtube zu Gricht gsetzt. D'Mama het der Sünder müeße vorfüehre, und du isch es losgange, wi wenn er's dem Vesuv abgluegt hätti, ds sältmal, wo-n-er Herculanum und Pompeji verschüttet het. Daß es e herte Chopf heigi, het der Ratsherr sym Töchterli vorgha, heig me scho lang gwüßt, aber daß es es über sech brächti, syni treue-n-

Eltere uf ne so impertinänti Manier z'contrariere, das hätt er sech nie la troume. D'Lüt wärde sech schön bsägne, wenn si ghöre, wien-äs uf aventures usgange syg und wärde dänke, was di Jumpfer Vilbrecht für ne dévergondierti Pärson sygi. Me müeß sech i Boden-yne schäme synetwäge. E gschlagni Halbschtund het er gfutteret und gwätteret, daß es Eim dunkt het, es sött nüt meh in ihm sy; aber es isch geng no meh cho, und geng no meh, und wenn er kei neue Värs meh gwüßt het, so het er wieder vorne-n-agfange. Aber der Knalleffäkt het er bis z'letscht bhalte. Erscht wo-n-er gmerkt het, daß ds Meitschi murb isch wie-n-e Sandchueche und d'Mama wott asetze, für z'bethädige, rückt er dermit use, daß er i d'Chefi cho syg wäge dene-n-absurde sottises. Wenn dir di Ouge vo der Frou Vilbrecht gseh hättet uf das abe, Dir hättet gwüß na der Omelettepfanne gschroue, für se-n-uf z'fasse. Zum Glück het si uf ne-n-Ougeblick d'Schprach verlore vor Entsetze, und der Papa het wyter tobet. Aber ds Allerergschte isch ersch no cho, nämlech: »Und jitz wott i nie meh öppis ghöre vo däm Landorfer. Einschtwyle bisch Du no mys Chind, und i la mer nid d'Hut über d'Ohre zieh, daß de's nume grad weisch, und jitz isch's fertig, und so gwüß de mer no einisch däm Möntsch nacheloufsch, so gwüß schicke-n-i di furt, ga Yänf oder no wyters, hesch ghört? – Überhoupt! – Vo was wettet der eigetlech o läbe? Är het ja nüt und jitz wird er o nüt syr Läbtig, und mer wei froh sy, wenn d'Contribution is nid no grad a Bättelschtab bringt. Me cha no gar nüt wüsse. Vo Hürate-n-isch jitz uf mindeschtes zäche Jahr gar kei Red meh.« –

Dir wärdet begryfe, daß i ds Bethlis Ouge der Undergang vom alte Bärn nid uf e füfte, sondere-n-uf e sächste Merz gfalle-n-isch, und vo däm Kaländer-Irrtum het es sech syr Läbtig nid erholt. Es het d'Gälsucht übercho und het vierzäh Tag lang müeße ds Bett hüete. Der einzig Sunneblick i der trüebe Zyt het ihm der Dokter Chnuuschti bracht mit der Nachricht, daß ihm e Draguner i der Insel gseit heig, er syg mit dem Herr Lütenant Landorfer am Abe vom füfte Merz bis zum Schteinibach gritte, und er heig nüt gha als es Loch im Huet vo-n-ere Chugle.

Aber der Papa het's nid bi der Schmählete la bewände, sondere-n-er isch währed ds Bethlis Chrankheit zu syr Nachbarin i Schteinibach, zur Frou Landorfer, die o dert use gflohe-n-isch gsi, und het dere-n-uf di höflechschti Wys vo der Wält gä z'verschtah, ihre Suhn söll sech de gar keini Hoffnunge meh mache, er well's lieber grad säge, für ihm alli Déceptione z'erschpare. Die Rücksicht het ihm di gueti, alti Frou höflech verdanket und nume no schüüch bygfüegt, es wärdi ihrem Suhn gar leid sy. Druuf het sech der Herr Vilbrecht uf der Salonschwelle no einisch umdräit, d'Achsle höch ufe zoge-n-und gseit: «je regrette infiniment, Madame, mais vous comprenez, nous ne sommes plus ce que nous étions encore, il y a quinze jours.» Beidsytig het's no-n-e tiefi révérence gä, und dermit isch der Fade zwüsche Schteinibach und Oberried verrisse.

»So, da hei mer's,« het der Ruedi syr Mama g'antwortet, wo si-n-ihm das eröffnet het,»das isch jitz dä, wo nid uf di materielle Vorteile luegt.« Daß d'Ussichte für ne junge Bärner Patrizier jitz nümme rosig gsi sy, het sech natürlech nid la beschtrytte. Um so feschter het der Ruedi uf di erschti Beschtürzung abe syni Hoffnunge-n-im Unggle Mäni verankeret.

9.
E-n-Abschiedsbrief. Ds Ruedis Roß geit uf Entdeckungsreise, und der Unggle Mäni macht sy letschti Schlittefahrt.

D'Situation isch der Frou Landorfer um so hoffnungsloser vorcho, will si es paar Tag vorhär düre Gutschner vom Unggle Mäni folgende Brief übercho het.

> Ma chère Marguerite,
>
> Quel désastre! Tout est perdu et je crains de ne pas vous revoir dans ce triste monde. J'en ai assez et je fiche le camp. J'ai eu le malheur de tuer un husard français cet après-midi et puisque je ne sens pas la moindre en vie de me faire pendre par ces misérables, je cherche un abri dans le désert des montagnes. Frédéric vous donnera de mes nouvelles. Adieu, mes chers, je vous embrasse tendrement. Adieu pour toujours.
>
> Votre fidèle
>
> Emanuel L.
>
> Schosshalde, le 5 mars 1798.

Natürlech het me nüt begriffe-n-a däm Brief, und ersch di mündlechi Uskunft vom Gutschner het se zur Überzügung bracht, daß der Unggle Mäni nid öppe-n-übergschnappet sygi. Ds beschte dranne-n-isch gsi, daß es gheiße het, der Frédéric wärdi wytere Bscheid mache. Das isch nämlech e Verwandte gsi vom Unggle Mäni, dä zu der Zyt im Schloß z'Dießbach gwohnt het. Der Ruedi het sech bald etschlosse, dem Unggle Mäni nache z'reise, vo wäge me het würklech ds Schlimmschte müeße förchte für dä alt Ma, wo a settigi Toure gar nid isch gwahnet gsi. Er het am sächste Merz no allerlei mit der Mama i d'Ornig tha und Wärtsache verschteckt, und ds morndrisch het er sys treue Rößli wieder la sattle-n-und isch ga Dießbach gritte. Zu sym Erschtuune-n-isch aber ds Schloß läär gsi und alli Fellläde bschlosse. Er het bi'm Lächema gfragt, wo d'Herrschaft sygi, aber dä het kei rächte Bscheid chönne gä und het ne zu mene-n-alte Gartemeitli gfüehrt, wo ds Hus ghüetet het. Das het du brichtet, es syg e so ne Herr cho der vorder Tag; aber er heig nid welle blybe. Er heig es Glas Wy und öppis z'ässe gheusche; aber es heig ihm nume nüt rächts chönne gä und er heig pressiert und g'angschtet. Mit Müej und Not heig es ne chönne-n-überrede, e chly abzlige, er syg ganz erlächnet gsi. Aber am Abe heig's ne nümme-n-ebha, er heig geng gseit, si sueche ne, si welle ne töde, und z'letscht heig es sech sälber afah förchte vor ihm und heig ihm du no e Blätz wyt der Wäg gwise düre Dießbachgrabe-n-uf. Er heigi neue-n-öppis vo Heimeschwand gredt.

D'Lüt i der Gäged hei niene rächt sech welle zueche la. Es isch e bösi Sach gsi, will Niemer enandere trouet het. D'Herre hei d'Bure gschoche, will die se für Verräter agluegt hei, und d'Bure sy de Herre-n-uswäg, will si gförchtct hei, me chöm se für d'Schandthate vom Landschturm cho z'Rächeschaft zieh. Aber trotzdäm isch der Ruedi wyter gritte, gäge d'Linde-n-ufe.

Es het es erschröcklechs Wätter gmacht, bald grägnet, bald gschneit und gschtürmt derzue. Schattehalb isch der Schnee no höch gläge, und fyschter und truurig hei di schwarzblaue Tannewälder us de Schneefälder füregluegt. D'Wäge sy bodelos gsi, und d'Lüt hei sech überall verschloffe, daß me hätti chönne meine, d'Pescht hätti i däm Land ufgruumt. Üse-n-einsame Ryter isch nume langsam vorwärts cho; aber er het Alles gmuschteret, Wäge, Züün, Waldsöum und Hüser, für irged e Schpur vo sym Unggle z'entdecke. Meh als einisch het er Fueßschpure wyt vom Wäg ab verfolget, aber er het niene nüt chönne finde, was ihm öppe-n-e Fingerzeig gä hätti. Di Sach isch ihm geng bedänklecher vorcho, und er het sech nume müeße frage, wie ächt dä alt chränklech Ma d'Schtrapatze vo där Flucht mög verlyde.

Und dä Chummer het ne-n-um so feschter packt, als er sech geng het müeße säge, daß mit Hülf vom Unggle Mäni Alles no wieder guet z'mache syg, ohni ihn aber die letschti Hoffnung müeßi schwinde. Jedesmal, wenn ihm der alt Vilbrecht wieder i Sinn cho isch, isch ihm ds Bluet i Chopf gschosse, er het sech uf d'Lippe bisse, und dä arm Brüünel het gar nit begriffe, warum sy Herr, wo ne doch sünsch e so guet behandlet het, jitz alli Bott d'Bei zueche drückt het, wie wenn er ne wett abenand chlemme. Er het gwüß sys

Mügleche tha, für trotz dem schlächte Wäg und Wätter vorwärts z'cho. Und so isch es ja jitz scho-n-es paar Tag gange, wäge z'Neuenegg het er d'Schporre-n-o mängisch gnue übercho. Je wyter si ume Bärg ume cho sy, descht erger het der Wätterluft gchutet. Der Räge-n-isch schier wagrächt dahärgfloge, und Roß und Ryter hei schier nümme chönne luege. Ändlech dunkt's der Brüünel, er schmöcki im Luft öppis wie troches Heu und Rössele. Er thuet e lute Jutzer und flotschet mit de Huefe, so schträng er nume ma, der Wäg us. Zum Glück het er nid verschtande, was sy Herr ihm g'antwortet het: »Brüel du nume, du hesch villicht no lang nid Fyrabe.«

Es isch grad gsi, wi wenn das widerwärtige Wätter der Ruedi i sym Etschluß no würdi beschtärke. Mit mene wahre-n-Ingrimm isch er i d'Wält yne gritte. Ändlech chunt er zu de-n-erschte verzatterete Hüser vo Heimeschwand, und dert het er nid vorby welle, ohni nache z'frage, öb Niemer öppis gmerkt heig vom Unggle Mäni. Bi'm erschte größere Burehus rytet er zueche, undere Vorschärm, sitzt ab und geit zur Chuchithüre. Di underi Hälfti isch zue gsi, die oberi halb offe. Er het se z'vollem ufgschtoße-n-und yne gluegt, i di rueßigi, schmali Chuchi; aber er het Niemer gseh drinne. Drum het er ds Roß näbe der Thüre la schtah und d'Zügel über ne Chummethaagge-n-a der Huswand gworfe. Er het nume müesse luege, daß ds Roß nid dry trappet; daß es ihm öppe furtloufi, het er nid gha z'förchte. Druuf isch er i d'Chuchi yne-n-und het a d'Schtubethüre gchlopfet. Da chunt e-n-elteri, mageri Büri use, luegt ne verwunderet a und fragt ne, was er well. Wo-n-er afaht, nah sym Unggle frage, heißt ne di gwundrigi Frou yne cho und fragt es längs und es breits, wie das Eine syg, wo-n-er suechi, und thuet, wie wenn si öppis appartigs wüßti. Si het d'Thür hinder ne zuegschtoosse-n-und dem Ruedi es Glesli Schnaps ufgschtellt, das er ganz gärn gnoh het i sy chalte, lääre Mage. Aber die Frou isch ihm e chly gschpässig vorcho, und er het agfange Verdacht schöpfe. Öb's ächt am Änd e Häx sygi oder öppis Guggers e so, het er im Schtille dänkt. Bscheid het si neue kei rächte welle gä, und er het sech überleit, wie-n-er sech wieder well drusmache, da ghört er i der Chuchi schwäri Tritte-n-und dänkt, da wärd öppe der Bur cho. »Also heit Der Niemer e so gseh?« fragt er no einisch, und jitz ersch, wo d'Frou merkt, daß er furt wott, faht si öppis afah schtürme vo Eim, wo si gseh heig gäge d'Rotheche-n-abeloufe-n-und gäge d'Schwarzenegg. I der Chuchi usse het me-n-öppis ghöre chlingele-n-und chlefele; aber der Ruedi het sech desse nüt g'achtet, sondere probiert, us der Frou no öppis Beschtimmters use z'bringe, da ghört me-n-es merkwürdigs Plodere-n-i der Chuchi, und das het du der Frou Bei gmacht. Si thuet d'Thüre-n-uf und wott i d'Chuchi; aber mit mene lute Brüel fahrt si zrück, und im glyche-n-Ougeblick gseht der Ruedi sy Brüünel i der Chuchi inne schtah, d'Schnurre-n-e halbe Schueh tief i-n-ere Mälchtere voll Milch, und ganz vergnüegt het das guete Tier mit dem tropfednasse Schtiel der Chachelbank abgschtoubet.

Wie ne Hurnuß isch d'Frou uf e Brüünel zuegschosse-n-und het ihm der Chopf umegrisse-n-und afah ufbegähre, daß d'Schwarte gchrachet hei. Der Ruedi het häll uf müeße lache-n-und het probiert, ds Roß z'chehre, was nid grad so liecht gange-n-isch, vowäge der Brüünel isch e keis minders Byggerli gsi, sondere-n-e schtattleche Normänner und het di schmali Chuchi nid übel usgfüllt. Me het ne mit dem Hinderteil schier müeße-n-i d'Schtube-n-yne schtoße, für z'Chehr z'cho. Natürlech het sech der Ruedi müeße loschoufe. Aber er isch trotz dem schtrube Wätter froh gsi, us em Bann vo der uheimelige Täsche-n-use z'cho.

Er het emel Eis us nere-n-use gchnüblet gha, und das isch d'Andütung gsi, es syg e so-n-es Mandli gäge d'Schwarzenegg gange. Der Ruedi het sech no der Wäg la zeige, und du isch er schnuerschtracks der Bärg ab gritte, gäge d'Rotheche zue. Das isch e keis sanfts Wässerli, höchschtes öppe-n-im heißischte Summer. Aber im Früehlig, und de gar no bi Schneeschmelzi und Rägewätter, chunt si gwaltig und bruun wie ne Mählsuppe. E Brügg zum überefahre het's ds sältmal bi Heimeschwand no keini gä, sondere nume-n-e Schtäg vo zwene verchlammerete-n-oder verzäpfte Trämle, mit mene schittere Gländerli, wo me sech bös Dings het chönne dran ha. Drum het der Ruedi bachuf, bachab müeße-n-e Furt sueche. Aber das het syni Häägge gha. Ds Bachbett liegt schtundewyt im wilde, verwurzlete Bärgwald und isch voll mächtigi Schteiblöck. Uwirsch und zerschtörerisch het d'Rotheche derzwüsche gschuumet und donneret. Tanne, Züün und chopfgroßi Chislige het si bärgab tröhlet, und kei vernünftige Möntsch hätti's gwagt, sy Wäg dür di Verheerung düre z'sueche, g'schwyge de-n-es Roß. Wie ne Bock isch der Brüünel zwüsche de Tanne blybe schtah, wo sech im wüetige Rägeschturm überem Ryter z'sämeboge-n-und gsuuset hei. Da het e kei Schporre-n-und kei Schänkeldruck meh öppis abbracht, und wo's der Ryter doch het welle zwänge, so schteit der Brüünel uf d'Hinderbei, wie wenn er wett säge: »jä lue, i cha nid flüge.« Ändlech gseht der Ruedi, daß da nüt z'mache-n-isch, chehrt um und biegt ab, ds Bord uf mit es paar Sätz und i d'Matte-n-yne, für amene-n-andere-n-Ort z'probiere. Aber da chunt er vom Räge-n-i Trouf. D'Matte-n-isch sumpfig gsi. Ds Roß isch ygsunke, het schuderhaft Angscht übercho, het sech bläit, probiert Schprüng z'mache-n-und d'Mutte höch uf gschprängt. Der Ruedi isch froh gsi, us däm Züüg use z'cho und isch gäge ds Dorf zrück gritte.

Der Hälfer vo Heimeschwand isch ihm vo der Schuelzyt här bekannt gsi und drum het der Ruedi dert agchlopfet. Er het nüt anders welle vom Hälfer, als daß er ihm ds Roß irgedwo underbringi. Är sälber het z'Fueß über d'Rotheche-n-und um jede Prys hinecht no i d'Schwarzenegg welle. Der Hälfer het ihm abgrate; aber es het nüt abtreit. »I wott,« het's gheiße, »und i mueß.« Öppis Warms frylech het üse Fründ gärn gnoh, vowäge-n-er het Hunger gha und gfrore. Aber bis ds Hälfers Chöchi der Eiertätsch het gchehrt gha, isch es fyschter worde, und der Hälfer het e verwägene Burebneb müeße ga sueche, für sym Gascht mit nere Latärne ga z'zünte. D'Hälferslüt hei mit Chopfschüttle dene Beide nacheglueget, wo si der dürab gange sy. Aber es isch e kei Schtund verschtriche, so sy si umecho. E Chriesascht het ne d'Latärneschybe no hienache dem Bach ypeutscht und du isch's us gsi. Si sy froh gsi, daß si sech düre Wald wieder use gfunde hei, und sy i ds Pfruendhus zrückgange.

Gärn het der Hälfer sym ehmalige Schüeler Obdach gä, und sech sys Anliege la brichte. Di erschte Schtunde vo der Nacht het der Ruedi gschlafe, wie-n-es Murmeli; aber öppe-n-am zwöi oder drü am Morge, wo der Luft e Felllade gäge d'Huswand gschmätteret het, isch er erwachet und het nümme gschlafe. Wie der Schturm am Himmel ds Gwülk vor de Schtärne düre gjagt het, so het ihm d'Angscht um sy Zuekunft eis Bedänke-n-um ds andere-n-i wilder Hascht vor em liebleche Bild vo sym Schatz düretribe, und ds Ruusche vom Rothechegrabe het ihm je länger descht uheimeliger gklunge, will er geng und geng wieder het müeße dänke, wie der Unggle Mäni ächt über das Wasser cho syg oder öb's ne-n-ächt am Änd verschlunge heig. So isch ihm trotz der Müedigkeit d'Nacht läng und qualvoll verschtriche, vowäge der Gedanke, daß der Unggle Mäni chönti umcho oder verscholle sy und daß Alles verlore wär, het i-n-ihm e bittere Groll gäge sys Schicksal gweckt. Dir wüsset ja, wie me's e so het z'Nacht, wenn Eim di schwarze Gedanke chöme. Me bohret sech i di böschte Müglechkeite-n-yne-n-und duuret sech sälber gar schröcklech, bis daß Eim di hälli Morgesunne chunt cho uslache.

D'Sunne het zwar dennzumal der Ruedi nid grad häll aglüüchtet; aber d'Heiteri het ne doch uftribe, und der Hälfer isch ihm i de wytere Nachforschunge-n-a d'Hand gange. Me het z'erscht im Dorf ume gfragt und isch ändlech uf ne Fährte gfalle, die über Bleike-n- und i Schnittweyer gfüehrt het. Der Brüünel isch am sälbe Tag i der Pfruendschüüre blybe schtah, währeddäm sy Meischter z'Fueß i Schnittweyer gwanderet isch. Aber er isch am Abe-n-unverrichteter Dinge-n-umecho und het druuf abe no schlächter gschlafe-n-als di vorderi Nacht.

Druuf hi het er wieder di erschti Fährte-n-ufgnoh, wo-n-ihm di Häx gwise het und isch mit dem Hälfer z'Fueß über d'Rotheche-n- und dür di einsame Weide-n-und Mööser i d'Schwarzenegg, und dert sy si bi'm Pfarrer ygchehrt für wyter z'frage. Da ändlech het sech di erschti dütlecheri Schpur zeigt. Der Pfarrer het nämlech vernoh gha, es alts Buremandli änet der Zulg, i der Sigriswylgmeind – me het ihm der Horrebach-Fereli gseit – heig di Tag e halbverräblete Möntsch gfunde-n-und zue sech hei gnoh.

Uf die Nachricht abe het's der Ruedi nümme bha. Er het di beide Theologe la tubake-n-und isch mit mene Bueb vom Dorf gäge Horrebach ufbroche. Uf mene schtotzige, schlüferige Ziggzaggwägli sy si tief abegschtige, i Zulg-Chrache, und meh als einisch het's üse guete Fründ unde-n-us gnoh, währed der Hirtebueb mit syne blutte Füeße so sicher gange-n-isch wie-n-es Gemschi. Es waggeligs Brüggli het ne-n-über d'Zulg ghulfe, und änefür hei si no schier der böser Wäg gha, z'ersch gäj ufe-n-und de dem schtotzige Bord na thal-uf dür schtrube Tannewald, weichi Schneefläcke-n-und Grashalde, wo d'Louene jedes Schtümpli hei i Bode-n-yne glettet gha. »Bhüetis der Lieb,« het der Ruedi nume geng müeße dänke, »wie isch o dä guet Unggle dahindere cho?« Na mene länge, müehsälige Marsch sy si ändlech dür ne breiti Mulde cho, und da het der Hirt dem Ruedi sunnehalb e-n-apere Blätz zeigt und gseit, das syg ds

Ferelis Acherli, da heige si ne gfunde.»Wän?« fragt entsetzt der Ruedi.»He dä verlüffe Herr,« meint der Geißbueb. – »Ja, läbt er eigetlech no?« – »Das wihß i gwüß nit, wenn er's het möge verlyde, so läbt er wohl no. Chanscht jitz uehi ga luege; dert obe-n-isch ds Ferelis Hüsi.« Derby het der Füehrer uf nes nieders Burehüsi zeigt, wo zwüsche de Tanneschpitze-n-uf mene vorschpringende Hubel grupet isch wie-n-es alts Gartewybli under mene riesige Huet. Ohni öppis z'säge, isch der Ruedi dem Bueb nachegschtige, und na-n-ere Viertelschtund sy si dert obe-n-aglanget und, ohni lang ume z'luege, i d'Chuchi vo däm Hüsi yne. Dert isch der Fereli, es schtrubs, chlys Mandli, am Füür gsässe-n-und het öppis g'chöötzet. Er isch nid übel verwunderet gsi ob der Visite, het d'Zöttelichappe-n-abzoge-n-und gseit:»Go' grüeßech mitenand. Dir suechet dänk dä chrank Ma, wo mer gfunde hei?« – »Läbt er also no?« meint der Ruedi.»Bhüetis ja, aber er isch geng no schturme u chychet gar grüseli.« Er het dem Ruedi d'Schtubethür uftha und hinder ihm zum Hirtebueb gseit: »Das wird öppe der Bueb sy vo däm Herr?«

Es isch no rächt es subers Schtübli gsi, aber e chly fyschter, und glüftet hei di guete Lütli allwäg sit langem nümme, vowäge-n-es het der Ruedi dunkt, er sött das Lüftli chönne mit mene Mässer verschnyde. Z'hinderscht, im fyschterschte-n-Egge-n-isch ds Mejeli, ds Ferelis verschrumpfeti Frou, vor mene-n-armsälige Bett gsässe, mit gfaltete Hände, und het andächtig uf sy Patiänt gluegt. Das isch ne gsi, würklech, der Unggle Mäni. Abgmageret wie-n-es Gripp und farblos isch er da gläge mit halb offene-n-Ouge-n-und het under sym schwäre Dachbett müehsälig der Ate zoge. Scho sit zwene Tage hei si ne da gha. Ds Meji und der Fereli hei sälber dokteret an ihm. Albeneinisch hei si ne e chly ufgha und ihm e Schwetti heiße Chrütlithee ygschüttet. Was er öppe gseit het, hei si nid verschtande. Wo si dem Ruedi ghörig hei brichtet gha, wie si ne gfunde-n-und uf mene Chriesascht der Bärg uf gschleipft heige-n-und wie si zue-n-ihm gluegt heige, het er ne mit warmem Härz danket und gseit, es söll ne nid vergässe sy. Aber si hei bethüüret, si heige ne-n-us purlötiger Chrischtepflicht zue sech gnoh. Es syg übrigens höchschti Zyt gsi, süsch wär er erfrore. Er syg ja scho ganz »gschtabete« gsi, het ds Mejeli gmeint. Wo sech der Ruedi necher über ds Bett yne bückt, gseht er ersch, daß der Unggle-n-a Hals und Bruscht mit nere dicke schwarze Pappe-n-überzoge-n-isch, die gar gschpässig gschmöckt het.»Was isch das?« fragt er ds Meji. »Das isch gar Tüüners e gueti Selbe,« meint ds Froueli, »das isch grad ihs zum zieh, u der Thee gä mer ihm zum schtoße. Das wird de dem Übel wohl use hälfe.« »Afin,« seit der Ruedi, »mer wei hoffe, es nützi öppis.« Er hätt's nid rächt über sech bracht, dene guete Lüt das Gschmier z'vernütige. Jitz het me du große Rat gha, was wyter ga söll. Aber me isch bald einig gsi, da syg nüt z'mache, als einschtwyle-n-abzwarte. E Dokter hätt me ja nid härebracht, und vo Transportiere-n-isch kei Red gsi. Der Hirtebueb het me heigschickt, und der Ruedi het sech etschlosse, vorlöufig da z'blybe. Er het sech a ds Fänschter gsetzt und es Flügeli uftha für emel o chönne z'schnuufe. Aber da isch ds Mejeli gschwind cho z'schpringe-n-und het gseit: »nid, nid, Herr, es chönnti ja chalt yne cho.« Der Ruedi het nid so gschwind abgä und gseit, da müeß früschi Luft yne, süsch chönn är nid derby sy, und er het's zwängt und ds Fänschter offe bhalte. Da geit ds Meji fürsorglech zum Bett hindere-n-und deckt e grobe Sack über ds Unggles Chopf, daß er emel nid chalt überchömi. Das hätt du no schier Händel gä. Der Ruedi seit zum Meji: »Was meinet Dir o? Dir tödet ne ja däwäg.« Der Fereli het's o mit dem warme régime gha, und so het's halt mängs gä z'rede. Aber es Jedes het sech alli Müej gä, dem Chranke sys Loos uf sy Manier z'erliechtere. Der Unggle Mäni isch gwüß nie i sym ganze Läbe mit ufrichtigerer Dienschtfertigkeit bsorget worde-n als jitz im Horrebach, im unkultiviertischte Chrache vo der Republik. S' isch nume schad gsi, daß er vo däm allem nüt gmerkt het. Us de schpärleche, verworrene Sätz, wo-n-er vo sech gä het, het der Ruedi viel meh müeße schließe, der Unggle syg i syne Phantasiee wieder z'Versailles und thüej sech für d'Vorschtellung am Hof präpariere. Dä Gägesatz vo Phantasie und Würklechkeit hätt Eine mache z'lache, wenn nid d'Situation e so truurig gsi wär. Dem Ruedi het's afah Chummer mache.

E düschteri, längi Nacht isch cho, und währed der Wätterluft dür alli Fuege pfiffe het, daß me jede Momänt gmeint het, jitz flügi ds Dach uf und dervo, sy di drü, Eis um ds Andere, am Bett vom Unggle Mäni gsässe-n-und hei bim Schyn vo mene miserable-n-Öltägeli syni Atezüg verfolget. Mängsmal het der Ruedi probiert, sy Unggle mache z'rede, aber im beschte Fall het er nume-n-öppis vo conciergerie oder antichambre, vo poudre oder coiffeur z'ghöre-n-übercho. Ändlech het d'Müedigkei alli z'säme möge. Der Fereli isch i der

Chuchi uf mene Holztütschi näbem Chessi ghocket, der Chopf zwüsche de Chneue, ds Mejeli isch am Ofe-n-ygnickt gsi, und der Ruedi het sy Chopf uf ds Dachbett vom Unggle la sinke, und ussert dem Luft und dem Schnarchle het me nüt meh ghört. Gäge Morge het der Luft gchehrt, und der Föhn isch höch obe dür d'Wulke gfahre. Und wo ändlech d'Sunne-n-über di breitkantige Soolflüeh ufeschtygt und es bländigs Schneefäld sy Glanz i d'Schtube wirft, thuet der Herr Landorfer d'Ouge wyt uf und gseht uf sym Bett ds Ruedis Gsicht. Vor Verwunderung het er keini Wort gfunden-und lang gschtuunet. Ersch lang nachhär seit er: «Est-ce vrai? – C'est toi?» Der Ruedi het das im Schlaf ghört, und es het ne gweckt; aber er het nid gwüßt, öb er's troumet oder öb er würklech öppis ghört heig. Aber di offene-n-Ouge vom Unggle hei ne volländs gweckt, und er fragt der Unggle: «Vous m'avez appelé? – Jitz het ne der Unggle-n-erchennt, und si hei es paar Wort chönne wächsle. Chuum het der Herr Landorfer d'Situation e chly begriffe, fragt er na sym Rock und seit zwöi-, drümal: «la clef.» Der Ruedi suecht i allne Täsche-n-und findt ändlech e Schlüssel. «Prends la,» seit der Unggle, «tu trouveras tout ce qu'il faut – dans – mon – dans – tout ce qu'il faut. Druuf het er wieder lang nüt meh fürebracht. Ersch öppen-e Viertelschtund schpäter seit er: «tu me mettras mon habit, car je vais me faire présenter..... regarde donc si la voiture est là..... le chambellan de..... attendez..... oui, je viens – – e tiefe Süfzer, und es Original weniger isch uf der Wält gsi.

Niemer cha sech e Begriff mache vo der Verlägeheit und Beschtürzung, die jitz über üse guete Fründ cho isch. Da isch er gschtande mit sym Schlüssel i der Hand, und vor ihm isch dä Ma schtumm und tot gläge, dä dür nes einzigs Wort alle syne Sorge hätti chönne-n-es Änd mache. E ganzi Mängi Frage hei sech dem Ruedi uf d'Lippe drängt, aber der Einzig, wo se hätti chönne beantworte, het gschwige für geng. Einzig dä Schlüssel het villicht no chönne zu me-ne-n-Ufschluß füehre, und scho hei sech allergattig Muetmaaßunge-n-i sym Chopf umebalget, di süeßischte Hoffnunge-n-und di gröschti Angscht, und es het ne dunkt, er sött schpringe, was gisch, was hesch, i d'Schoßhalde, und ds Gheimnis vo däm Schlüssel ga erkunde. – Aber was jitz mache? – Wär het ihm sölle rate-n-und hälfe? – Ja nu, öppis het müeße gah. Im Horrebach hinde het me der Herr Landorfer nit nach chrischtleche-n-und landlöufige Begriffe-naschtändig chönne begrabe. Lang hi-n- und härloufe het me-n-o nit chönne, und drum sy der Ruedi und der Fereli schlüssig worde, der Unggle-n-uf ne Holzschlitte z'binde-n-und ne ga Sigriswyl z'füehre. Di beide Manne hei sech vorne-n-a Schlitte gschpannet, und ds Mejeli het gschtooße. Es isch e kei liechti Sach gsi, dür di weiche Schneefälder und di viele wüeschte Grebe-n-uf z'cho. Erscht im Louf vom Namittag sy si z'Sigriswyl aglanget.

Sit es paar Wuche-n-isch dert e neue Pfarrhälfer gsi, e jüngere, fründleche Ma. Dä het sech der Not vo üsem Ruedi gärn agnoh und Hand botte, für Alles guet z'bsorge. Na churzem Gschpräch het der Ruedi gmerkt, daß er's da mit mene warmhärzige, brave Möntsch z'thüe het gha, däm er scho öppis het dörfe-n-avertroue. Ihm het zwar dennzumal der Name vo däm Hälfer no nüt apartigs gseit. Mir hützutag ghöre-n-aber scho e chly meh derhinder. Es isch nämlech der Hälfer und Dichter Chuehn gsi.

Wo si Alles ghörig hei verabredet gha, het der Ruedi mit syne treue Ghülfe-n-im »Bäre«-n-es währschafts z'Vieri gnoh, het se rychlech belohnt und isch mit ne wieder zrück i Horrebach, für z'morndrisch z'Heimeschwand sys Roß ga z'reiche. Und mit däm isch er no am glyche Tag i Schteinibach, syr Mama ga Bricht bringe, und i der Nacht no ga Bärn yne.

Vo dert isch er am andere Morge-n-i d'Schoßhalde, de Dienschte vom Unggle Mäni ga Bscheid mache. Die hei glost, wolle! Währed der Johann der char-à-banc grüschtet und ds Mareili d'Versailler-Schtaats-Chutte-n-ypackt het, het der Ruedi der Schlüssel probiert und bald gfunde, daß er zum Bureau passet het. Atelos het er Schublädli um Schublädli fürezoge, dürnüelet und hindere gschtooße-n-und derby es wahrs Bärgwärk vo interessante, uröppige Sache-n-und Sächeli gfunde. Aber niene, was er gärn gha hätti. Erscht wo-n-er e halb Schtund lang a de Gheimfächer sech d'Fingernegel z'Schande g'chnüblet gha het, isch er uf verschiedeni couverts gschtooße. Ds allerunderschte-n-ändlech isch bsunderbar guet verpütschiert gsi und mit Sydeschnüerli verbunde, und druuf het's groß und dütlech gheiße: »Testament«. – »Da hei mer's,« het er erliechteret gseit und's wieder versorget und ybschlosse. Aber vo jitz a het ne der Gwunder erscht rächt afah martere, will er gar wohl gwüßt het, daß e so-n-es Teschtamänt di merkwürdigschte surprises cha enthalte. No nie sy-n-ihm alli Mängel vo sym Benäh gäge Verschtorbene so gräll i ds Gwüsse gschprunge, wie jitz, und no nie het er so viel über di wunderleche Syte vo sym Unggle müeße nachedänke, wie i de nächschte Tage.

Sobald der char-à-banc isch reisfertig gsi, isch der Ruedi mit dem Gutschner und dem Mareili ufgsässe und mit ne gäge Thun zue gfahre. Verwandti sy neue keini mitcho. Vieli sy furt gsi; Anderi hei wichtigeri Sache gha als e Lycht, und der Räschte het keis Verlange treit, bi däm chalte Wätter ga Sigriswyl ufe z'reise. Underwägs het der Ruedi du Glägeheit gha, syne Gfährte z'erzelle, wie Alles gange syg, und ds Mareili isch der halb Wäg i Thräne gschwumme. Bim Vernachte sy si z'Sigriswyl acho und hei di schtärbleche Räschte vom Herr Landorfer no usgschtaffiert mit Syde-n-und Sammet, und sogar di großi perruque hei si-n-ihm agleit, wie wenn er schtatt i-n-es ängs Grab, i ds Schloß ga Versailles sötti.

Z'morndrisch z'mittag am endlefi hei si ne-n-uf e Chilchhof treit. Es isch e keis großes Glöuf gsi hinder däm unbekränzte Sarg här. Aber es paar treui Seele hei sech näbem Ruedi und de Dienschte vom Unggle Mäni doch ygfunde: der Fereli und ds Mejeli. Uf der Chilchhofmuure-n-isch e Zylete rotbackigi, gwundrigi Burechinder gsässe. Die hei i glücklecher Gedankelosigkeit zuegluegt, wie me dä Repräsentant vo nere-n-überläbte Zyt mitsamt de-n-üssere-n-Insignie vo syr Epoche der Ärde-n-übergä het. Mit unverschtandene Klänge hei's d'Chilcheglogge dem Land verkündiget, was gscheh syg, währeddäm z'ringsetum a de Bärge d'Früeligslouene niedergange sy. Und tief unde het der unschuldig Schpiegel vom Thunersee glitzeret mit tused und aber tused Schtärnli us der Uferschtehung verheißende-n-Uschtigssunne. – Kei Witwe, keini Chinder, kei Schwöschter und kei Brueder hei gchlagt um dä, wo me versänkt het, und doch isch e keis Oug troche blibe, wo der Hälfer Chuehn ds Grab ygsägnet het.

10.
Franzose-Säge. Neui Not. E Schtreich vom Houpme Lombach.
Ds Bethli chehrt der Schpieß um und geit uf e Papa z'dorf.
Es gwinnt.

Z'Bärn unde hei d'Franzose gfuuschtet und gfuehrwärchet, daß es kei Gattig gha het. Nüt isch sicher gsi vor ne, und drum isch männiglech druuf usgange, sy Pärson und sys Hab und Guet i Sicherheit z'bringe. Di harmlosischte Lüt sy undereinisch mißtrouisch und hinderlischtig worde. Es isch gar nid ufz'zelle, a was für Ort hi Schparschtrümpf und Gäldchatze sy bracht worde, damit si de Contributions-Schärge nid i d'Finger chöme. Und gschumpfe het me Schtadt uf und Schtadt ab, was ds Züüg het möge verlyde. Aber mit der neue Mode, wo d'Franzose-n-i allem hei welle-n-yfüehre, hei si sech der lätz Finger verbunde. Me het zum Byschpiel nume der Löl gmacht mit der Vorschrift, daß me Niemerem meh »Herr«, sonderen-Allem »Bürger« söll säge. So hei si bekanntlech der Pulverherr Herport umtouft i ne Pulverbürger Bürgerport. Daß es hingäge nümme syg, wie ehmale, das het Niemer glougnet. Di alte-n-Yrichtunge-n-und Brüüch hei afah waggele-n-und sy abegrütscht, wie der Schnee ab de Bärge. Und wie's de albe so geit, wenn die üssere Forme-n-i ds Rütsche chöme-n-und's nümme-n-absolut zum aschtändige Möntsch ghört, di Forme schträng z'beobachte, so fah di Liechtläbige bald a, sech diesi und jäni Freiheit z'gönne. Us Princip niene mitmache-n-und us patriotische-n-und politische Gründen-n-unversöhnlech sy und duble, das cha nid Jede. Da ghört scho chly e schtyfe-n-Äcke derzue und e gwüssi Fähigkeit, sech Vorteile z'versäge, die me dür ne Chratzfueß am rächte-n-Ort, dür nes Konzessiönli a d'Gägepartei, liecht chönnt ergattere. Alte Lüte schteit's nid wohl a, i ihrne Principie-n-es Gleich z'mache wäge so mene Vorteil. Aber der Juged mueß me's nid gar zue übel näh; si isch no nid erschtarret i ihrne Grundsätz, und will's ihres Vorrächt isch, ds Läbe z'gnieße, darf si ender no nahgä.

Drum hei anno dennzumal einzelni jungi Lüt, Jünglinge-n-und Töchtere, die nid grad zu de wägschte-n-und beschte vo der Gsellscheft ghört hei, afah umescharwänzle mit de junge französische-n-Offizier. I dene hei si nümme di findleche-n-Underdrücker und Röuber gseh, sondere gar nüt anders als artigi Herre. Das gilt no hüttigstags bi gar viele Töchtere meh als di schönschti politischi Tuged, emel so lang's nume-n-a ds amüsiere geit. Jä nu, me het bald da, bald dert vo so junge Lüte ghört, die sech us Gwunder und vo wägem Amüsement vo französische-n-Offizierli hei la dür ds Franzoselager füehre. Wyters isch nüt derhinder gschteckt; aber das het viel gä z'rede-n-und z'schmähle, und mängs het sech uf längi Zyt use sy Ruef dür ne settige Schpaziergang schwär gschädiget. Di alte Lüt hei nid für nüt d'Franzose düre Bank wäg für nes abscheulechs Pack agluegt, und wär sech guetwillig mit ne-n-ygla het, het halt i der Achtung vo de-n-alte Bärner e Brähm dervo treit.

D'Jumpfer Vilbrecht isch wieder usgange-n-und het o französischi Offizier glehrt kenne; aber si het gwüßt, was me vo-n-ere-n-erwartet, und het sech mit dene frömde Vögel nid ygla. Ihre Papa het ere ghörigi Verhaltungsmaßregle gä, jedesmal, wenn er i d'Schtadt cho isch, und het der Mama peinlechi Ufsicht anbefohle. Das het ds Bethli ender e chly g'chränkt, will es gfunde het, me sött ihn's besser kenne. Es het hin und wieder dem Papa es Heft gmacht, und das het der Herr Vilbrecht lätz ufgfasset und gmeint, sy Tochter syg höhn drüber, daß me se so guet hüeti. Und, wie-n-er de äbe gsi isch, het ne das nume no gmacht z'gloube, es syg übel nötig, daß me-n-es schträngs Regimänt füehri. – Aber dä guet Papa het wieder einisch uf di lätzi Syte Front gmacht. Währeddäm er mit verdoppleter Schträngi de Franzose der Zuegang zu sym Töchterli verwehrt und dermit es Wäse gmacht het, damit emel ja di Lüt, wo-n-ihm geng sy Aghörigkeit zur Friedespartei und sy Bewunderung für e französische-n-esprit vorgha hei, gseje, was er dänki, het der fründschaftlech Verchehr vom Bethli mit dem verpönte Ruedi Landorfer di schönschte Schoß tribe. Der Houpme Lombach, wo me schier alli Tag uf em Chilchhof (Plattform) »zuefällig« atroffe het, het i der uneigenützigschte Wys der postillon d'amour gmacht. Dä het geng öppe gwüßt z'tröschte-n-und ufz'chlepfe na beidne Syte.

Ei Tag het me der Herr Lombach mit ganz bsunderer Schpannung erwartet, will er het sölle Bricht bringe vo der Teschtamänts-

Eröffnung. No e halb Schtund vorhär isch der Herr Wyß der Mama cho ne Visite mache, und zuefälligerwys isch o der Papa grad a däm Morge-n-yne cho gsi. Nie hätti der Herr Wyß der Mama erwünschter chönne cho, als grad denn, vo wäge d'Frou Tillier het nere-n-im letschte Namittagscafé ob allem Hääggle gseit: «A propos, Marie, on dit que le jeune Ruedi Landorfer a fait un joli héritage.» D'Mama het gmerkt, wo das use wott und isch allne Frage-n-usgwiche; aber si het sech vorgnoh, bi nächschter Glägeheit, der glych Enterhaagge-n-uf e Papa z'wärfe-n-und nit lugg z'la, bis si ganz heiter gseji. Jitz isch der dick Herr Wyß mit sym gmüetleche-n-aplomb grad im rächte Momänt cho, für sech als Schanzchorb la z'bruuche. D'Frou Vilbrecht het ne guslet und guslet, so schträng si möge het. Aber är het gmerkt, was si wott und isch ere geng usgwiche, will er nid gärn mit dem Herr Vilbrecht über die Sach gredt het.

»Es het mängs g'änderet, z'Bärn,« het d'Mama afah schtüpfe, »di alte Lüt gange, und me wagt nid rächt a d'Zuekunft vo de Junge z'dänke.«

»Ach ja, äbe,« het der Herr Wyß gseit und vom Wätter afah brichte.

»Und Eue guete Fründ i der Schoßhalde het es truurigs Schicksal gha; Dir wärdet ne gar regrettiere,« het si wieder agsetzt, und der Herr Wyß het d'Händ uf em Buuch gfaltet und gseit: »ach ja, äbe,« und vo däm schöne Sigriswyl afah rede. – Jitz drückt d'Frou Vilbrecht scho necher zueche-n-und probiert:

»Me fragt sech, was us der nätte campagne i der Schoßhalde wird wärde,« und »ach ja, äbe,« meint der Herr Wyß, und fragt d'Frou Vilbrecht, öb si nid bald i ds Oberried zügle welli.

Jitz hüüchlet si: »Ach, es chunt jitz no druuf a, was öppe no Alles geit by-n-is.«

»Ja, was heit der vor?« fragt er ändlech.

»Ach, eigetlech nüt, aber . . . . .« –

»Jä richtig, à propos,« platzet der Herr Wyß jitz use, nahdäm ne der Gwunder du sälber möge het, »es schteit ech ja ne großi Veränderung bevor. Was seisch eigetlech derzue, Fernand?«

»Was? – I weiß nüt,« probiert der Ratsherr z'etwütsche-n-und schteit uf, zupft närvös sys gilet abe-n-und geit a ds Fänschter ga schtah. Der Herr Wyß setzt sy großi lorgnette-n-a und luegt bald uf e Herr Vilbrecht, bald uf d'Frou mit fragende Blicke.

Na nere gräßlech penible Pouse seit ändlech der Herr Vilbrecht, ohni sech umz'chehre: »Afin, es geit eigetlech Niemer nüt a; aber daß der o wüsset, wie-n-i di Sach aluege: der jung Landorfer isch ja e nätte Ma; aber mit der Erbschaft isch es halt nüt. Dir müeßet nid vergässe, daß mir nümme regiere-n-und daß üsi solide Rächtsverhältnis vo ehmale nümme gälte. Es isch halt e Schweinerei mit dene Franzose, wie si dryfahre.«

»Jä lue, my Liebe,« antwortet der Herr Wyß, »da gsehsch jitz der Franzos vo nachem. Es isch ganz nätt, sy esprit i de Büecher z'bewundere, aber in praxi sy de di Herre verwändt uchummlech. Philosophie isch geng nätt, so lang me nid ihres Versuechsobjäct wird, und das sy mer halt jitz.«

Dermit isch d'Sach wieder entgleiset gsi, und d'Frou Vilbrecht het dem Herr Wyß Zeiche gmacht, er söll lieber schwyge.

»I ha nie Verlange na de Franzose gha,« seit der Herr Vilbrecht, »aber du wirsch mer zuegä, daß ihri Schriftschteller doch i mängem Interesse verdiene.«

»Frylech, i mache dir o kei Vorwurf us dyr Bewunderung,« länkt der Herr Wyß y; aber für d'Mama het ds Gschpräch kei wytere Wärt meh gha.

Mittlerwyle-n-isch i der Schoßhalde, im Bysy vo de nächschte Verwandte, das heißt vo der Frou Landorfer vom Schteinibach und ihrem Suhn und zwene Züge, dem Lächema und mene-n-andere Nachbar, ds Teschtamänt vom Unggle Mäni fyrlech eröffnet worde. Warm und fründlech het d'Aprilsunne-n-i di verlasseni Bhusig vom Erblasser gschine-n-und het der Erbgusel, wo ds friedfertigscht und uninteressiertischt Gmüet i settige Momänte-n-agryft, gschtillet. Während der Notarischryber syni Papier und Gschichte mit nere-n-unergründleche-n-Umschtändlechkeit rangiert und der Kommissari glychgültig zum Fänschter usgluegt het, sy unwillkürlech de muetmaßleche-n-Erbe-n-ihri Blicke vo Möbel zu Möbel und vo Tableau zu Tableau gwanderet, ganz anders, als es öppe bi Visite gscheht. Vor der Thüre hei der Johann und ds Mareili gwartet, und will ds Mareili di bessere-n-Ohre gha het, so het äs müeße der Chopf a ds Schlüsselloch ha, bis es vor Chrüzweh nümme chönne het.

Ändlech isch der Notari zwäg gsi, und wo-n-er afaht läse: »Teschtamänt in Gottes Name-n-Ame. – Ich ändesunterfertigter Abraham, Ludwig Emanuel Landorfer &c. &c.,« sy dem Lächema syni Ohre vom Chopf abgschtande wie a nere Flädermuus, daß d'Sunne füürrot der dür glüüchtet het, und ds Mareili het d'Hand mit usgschpreitete Finger vo sech gschtreckt, für dem Johann peinlechi Rueh z'befähle.

Wie me's ghoffet het, so isch es cho. Der Ruedi Landorfer isch Houpterbe worde, und nume wenigi Legat zu Gunschte vo de Dienschte-n-und Göttichinder sy-n-ihm überbunde gsi. Vor der Thür het me mit Not der Jubel verschlückt, und dinne het me-n-o keini suure Gsichter gseh.

Wo der Notari sy Sach het abgläse gha, luegt er über sy Brülle, präzis wie ne Richtkanonier, wenn der Schutz abgla isch und er dem Gschoß nacheluegt, und wo-n-er dä befriediget Usdruck uf allne Gsichter gseht, verzieht er d'Mulegge-n-o zumene fründleche Lache, macht schlimmi Öugli und thuet, wie wenn er öppis derfür chönnti.

So wohl wie jitz, isch es dem Ruedi lang nümme gsi.

Aber jitz erhebt o der Kommissari sy Schtimm und seit mit amtlecher Chelti: »Bevor i dem verehrte Herr Houpterbe myni pärsönleche Felicitatione vermälde, mueß i druuf ufmerksam mache, daß di Erbschaft under allne-n-Umschtände der französische Contribution underligt, und da keini diräcte Descändänte vorhande sy, so wird erscht ds hochlöbleche Finanz-Diräctorium drüber etscheide, ob das Teschtamänt chönni anerchennt wärde. Der Herr Houpterbe wird erloube, daß i's zu däm Zwäck vorlöufig no behändige.« Druuf reckt er mit dem Duume-n-und dem Zeigfinger i ds gilet-Täschli und nimmt e Pryse druus.

Der Ruedi isch bald chrydewyß, bald veieliblau worde vor Töubi und hätt am liebschte der Kommissari grad verchnütschet. Der Notari het d'Underlippe la hange-n-und wieder über d'Brülle wäg gluegt, was ächt jitz dä Schutz usrichti. Vor der Thüre het ds Mareili mit Behändigkeit der Johann underrichtet, und grad druuf ghört me däm sy Schtimm: »Jä gäll, so geit's, i ha's geng gseit; was mer is gönnt hei, hei mer gha, u dem Räschte chen mer nachegränne.« Ds Teschtamänt isch im portefeuille vom Kommissari verschwunde, und die Amtspärsone hei sech verabschidet. Der Ruedi isch schnuerschtracks i d'Schtadt grönnt, für sech ga Rat z'hole. Zu Allem het ne jitz no d'Angscht peiniget, es chönnt öppis uscho sy vo der Gschicht mit dem Husar. Bi mene Haar hätt er vergässe, dem Houpme Lombach, wo uf ihn gwartet het, ga z'erzelle, was gange syg.

Däm het er du afange ds Härz gläärt. Z'ersch het der Herr Lombach gmeint, das wärd nid so gfährlech sy, öppe chly Haar la wärd der Ruedi scho müeße; aber grad um ds Ganze wärd er nid cho. Und wenn's de am Änd o chrumm gieng mit der Erbschaft, so syg no einisch nid Alles verlore. Wenn doch jitz i Allem di französischi Art und Wys Mode sy söll, so söll der Ruedi o na französischer Mode verfahre-n-und sys Bethli eifach etfüehre.

»Ja, das thät i, gwüß thät i's,« het der Ruedi g'antwortet, »i ha jitz das Beite satt; aber lue, my Mama! Das geit halt äbe nid.«

»Nei, nei,« seit du der Herr Lombach, »aber i will der e Rat gä: Du muesch jitz nume-n-am rächte-n-Ort schmiere. Weisch, das Volk mueß me kenne. So lang si nume vom Schtaat öppis hei, sy's di yfrigschte Diener der Republik, aber wenn si's diräct i ihre Sack chönne reise, so isch ne der Schtaat wurscht. Probier nume, das cha nid fähle.«

Der Kommissari isch e mindere Fink gsi und het wahrschynlech gar nüt anders erwartet, als daß me ne de ghörig schmieri. S' isch so Eine vo dene gsi, wo sech bi'm Umschturz gleitig hei gwüßt zueche z'mache. – Aber so ne Schmierfink i syni Schpiel z'zieh, isch e gfährlechi Sach, und der Ruedi het überhoupt nid gärn zu däm Mittel griffe. Drum isch er lieber grad zum Finanzdiräkter gange-n-und het ihm sys Leid gchlagt. Das isch e gschyde Ma gsi und het grad gwüßt z'hälfe. Er isch mit dem Ruedi i ds Rathus gange, het das Teschtamänt la reiche, het's gschtudiert und du i Gägewart vo allne französische Schnüfleni mit Pathos usebrüelet: »Dites-moi, cher concitoyen, croyez-vous que les fonctionnaires de la république soient des voleurs? On ne songe pas à vous priver de votre fortune. Vous payerez votre contribution. Voilà tout!«

Wo di Franzose ghört hei, daß e-n-ehrleche Bärnburger ihne-n-es derartigs Komplimänt macht, hei si so Freud gha, daß si's dem General Schaueburg sy ga brichte; aber dä het uf de Schtockzände glachet und derby dänkt, der Herr Finanzdiräkter heig ihm's abgugget, er wärdi de-n-Erbe scho sy Sach ab-gchlemmt ha, und het ihm fürderhi vorume schön tha und ihm hindedüre-n-uf d'Finger gluegt. Wo-n-er du ändlech gmerkt het, daß er e brave Ma isch, het er du no gseit, de Bärner syg doch nid z'hälfe.

Afin, es paar Tag nachhär het der Ruedi sys Teschtamänt umegha mit der Zahlungsufforderung für nes paar tused Franke Contribution, und du isch d'Sach i ds Blei cho.

Jitz wohl, jitz het's dem Ruedi afah wohle. Bevor er wieder i Schteinibach use-n-isch, für sech ändlech e chly Rueh z'gönne, i der Hoffnung, »me« zügli jitz de o z'grächtem i ds Oberried use, isch er dem Fründ Lombach ga verkündige, jitz syg er e gmachte Ma und synethalb chönn's de jede Momänt losgah. Nume der Alt müeß me no chly sondiere, vo wäge das syg e-n-eigelige Herr. Der Houpme Lombach het gseit, das well är scho übernäh, es nähm ne sälber wunder, was er zu der Änderung vo der Situation sägi.

Bi der nächschte Glägeheit, wo der Ratsherr i d'Schtadt cho isch, amene Sunntig, na der Predig, isch der Houpme Lombach uf em Chilchplatz (Münsterplatz) der Herr Vilbrecht höflech ga grüeße-n-und het gar fründlech und harmlos mit ihm tha. Na nes paar verfählte Versueche-n-isch's ihm ändlech glunge, da z'ländte, wo-n-er het welle. Er het ihm brichtet, wie die Erbschaft sygi grettet worden-und du aghänkt: »I gloub, me dörf o Euch derzue gratuliere, Herr Vilbrecht?« – Da blybt der Ratsherr schtah, zieht d'Mulegge-n-abe, luegt der Houpme Lombach bitterbös vo obe bis unde-n-a und seit puckt: »Wieso?«

»Eh, so viel i weiß, het der glücklech Erb im Sinn, sech de bald mit Öpperem, wo Euch nachschteit, hüslech yz'richte.«

»Geit mi nüt a.«

»Afin, loset!«

»I ma nüt ghöre vo der Gschicht.«

»Aber, i bitte-n-Ech.«

»Meinet Der eigetlech, i lueg uf ds Gäld? Das chunt de bi mir ersch i letschter Linie-n-i d'Frag.«

»Da zwyfle-n-i nid dranne, Herr Vilbrecht; aber heit Der de ne principielle Grund, wo-n-Ech hinderet, Eui Zueschtimmung z'gä?«

Jitz schlängget der Ratsherr sy schöne Schtäcke hinderem Rügge närvös umenand, schtreckt der Oberlyb füre-n-und seit mit räßem Nachdruck: »Ja, i ha ne principielle Grund, Herr Houpme, und das isch dä, daß i mer nid la i myni Sache-n-yne rede vo Lüte, die's nüt ageit.«

»O, nüt für unguet,« seit der Herr Lombach, schwänkt sy Huet: »votre serviteur, Herr Vilbrecht,« und geit.

Der Herr Vilbrecht het schtillschwygend sy Huet glüpft und isch hei gange zu syne Lüt.

Obschon ds Bethli grad gmerkt het, daß nid guet Wätter isch, isch es sym Papa zärtlech begägnet und het ne gfragt, öb's ihm eigetlech nid rächt wär, wenn äs jitz mit der Mama o i ds Oberried usechäm. Der Dokter heig's erloubt und ds Wätter wär jitz e so schön.

Als Antwort het es z'erscht e länge, länge, forschende Blick übercho und ändlech es decidierts »nei«.

Bis d'Mama dem Bethli isch z'Hülf cho, het der Ratsherr du e halbwägs plausible Grund erfunde gha und gseit: »Öpper mueß doch jitz einschtwyle hie ds Hus hüete, und i chume nid yne, i wott mi nid z'Tod ergere-n-ob der Regiererei.«

Ds Bethli het sy Papa z'guet gkennt, als daß es sech dür dä Vorwand hätti la tüüsche. Daß der Ratsherr, nahdäm er früecher e so für e Ruedi Landorfer ygnoh gsi isch, sit ere gwüsse Zyt linggs und rächts Gründ gsuecht het, für sech ne vom Lyb z'halte, isch ihm nid etgange. Und juscht grad das Sueche na Vorwänd het das arm Töchterli beschtärkt i der Überzügung, daß nüt anders als der pur Egoismus vom Papa sym Glück im Wäg schtandi, und drum het's es o nümme für sy Chindespflicht agluegt, sech i väterleche Wille z'füege. Im Gägeteil, je meh der Papa hinderha het, deschto feschter isch sy Trotz worde.

120

So hei je länger deschto meh die böse Luune ds ganze Vilbrecht-Hus regiert.

Der Houpme Lombach het sech na syr Abfertigung uf d'Läfzge bisse-n-und vor sech ane brummlet: »Wart nume, du Chnortzi, di wei mer scho i d'Sätz bringe,« und mit dem schpintisierende Blick vomene Verschwörer isch er i de nächschte Tage-n-i der Schtadt umegloffe.

Vo der Redlechkeit vom Herr Lombach überzügt, het ds Bethli i syr gschpannete Gmüetsverfassung sech liecht etschlosse, däm treue Hälfer i der Not e-n-Art blanco-Vollmacht z'gä. Es isch afange zu jedem Opfer parat gsi, das syr Sach het chönne nütze.

Ei Morge sitzt der Herr Vilbrecht i syr Schtube-n-im Oberried am Schrybtisch und schnydt sech mit suurem Gsicht Gänsfädere, da bringt ihm der Köbi e Brief. Der Ratsherr nimmt ne, luegt d'Adrässe-n-a, schüttlet der Chopf und seit: »Was wott jitz Die?« Öppis Ussergwöhnlechs ahnend, faltet er das Zedeli usenand, und chuum het er's dürfloge, schlat er mit der Fuuscht uf e Tisch, daß d'Tinte-n-us em Tintehüsi usschprützt und d'Gänsfädere dervo flüge. »Das het der Tüfel gseh mit däm Meitschi!« brüelet er, schteit uf, rönnt use, schmätteret d'Thüre hinder sech zue, daß di schöne Miniaturportraits, wo dranne ghanget sy, i d'Schtube-n-use flüge-n-und i Schärbe gange. Sofort het der Köbi müeße-n-aschpanne, und der Ratsherr isch mit dem Huet i der Hand ungeduldig im Hof ufe-n-und abe gange, bis er het chönne-n-ysitze-n-und abfahre. I syr Ufregung het er vergässe d'perruqe-n-ufz'setze. Drum het der Lächema, wo der Wage dür d'Allee us gfahre-n-isch, zu syr Frau gseit: »Was het's ächt grüsligs gä, daß der Herr mit dem blutte Gring ga Bärn yhefahrt? Das ha-n-i jitz no nie gseh.«

Zornbrüetig isch der Ratsherr i sym Hus am Chornhusplatz d'Schtäge-n-uf und het sy Tochter härbefohle. Er isch zum verchlepfe glade gsi und isch vollends no giechtiger worde, wo d'Jumpfer Elisabeth mit der unschuldige Grazie vo-n-ere Schtärneblueme vor ihn chunt cho schtah.

»Was isch eigetlech i di gfahre?« brüelet er sy Tochter a, »daß du mer so öppis geisch ga anemache? – Ha-n-i das um di verdienet, he? – Weisch, was es gmacht het?« chehrt sech der Herr Vilbrecht syr Frou zue, »üses Meitschi, dy Tochter? – Wie-n-es Gassehugi isch es i ds Franzoselager gange-n-und het sech – es isch eifach unerhört – e Schärpe la umbinde mit der Inschrift: «propriété du général Schauenburg.»

D'Mama isch wie schturm gschlage gsi uf das abe, und der Herr Vilbrecht het d'Thräne z'vorderscht gha und zitteret.

Aber mit der gröschte Rueh fragt ds Behtli.»Papa, wär het Euch das agä?«

»Dy Gotte, d'Frou Tribolet.«

»So,« meint ds Bethli, und zieht d'Schtirne z'säme,»und Dir trouet mir uf so-n-es Gschwätz hi settigi Sache zue?«

»I ha no nie Grund gha, der Frou Tribolet nid z'gloube, währeddäm du mit dym böse Trotzchopf je länger deschto meh dyne-n-Eltere hesch afah Verdruß mache.«

»He nu, Papa, i will Ech jitz grad säge, daß a der ganze Gschicht e keis wahrs Wort isch und daß Dir und d'Frou Tribolet eifach ech heit la-n-e Bär ahänke.« – Ds Bethli het guet gha bi dene Worte klassischi Rueh z'zeige, ja, es het sogar e chly ds Lache müesse verha, will es wohl gwüßt het, daß der Houpme Lombach syr Gotte das Güntli agä het. – »Aber wüsset Der, Papa,« fahrt es furt, »jitz chunt der Chehr a mi, ufz'begähre-n-und mi z'beklage und zwar über Euch.« Mit blitzende-n-Ouge het's das gseit und isch da gschtande wie-n-e Grenadier, so daß der Papa d'Ougsbraue höch ufzoge het:

»Meitschi!«

»Ja, Papa,« het ds Bethli furtgfahre,»so isch's.

Dir syt ganz sälber d'Schuld, daß i so worde bi. Wie Der mi heit welle ha, so bin i jitz. Dir heit mer geng Alles hinderha und verbotte, ohni mer eigetlech z'säge, warum. Z'ersch heit Der großi Schtück gha uf em Ruedi Landorfer. Du het's du gheiße, so lang er kei Schtellung heig i der Wält, gäb's nüt us em Hürate, und jitz, wo-n-er e gmachte Ma isch, weit Der glych nüt vo-n-ihm. Aber jitz bin ig Ech drüber cho, will Dir mi nach em Syschtem vom Rousseau heit dra gwöhnt, sälber d'Gründ use z'sueche, wenn me mir öppis verbietet.«

Der Ratsherr het e so verschtuunet dry gluegt über dä Usfall, daß ds Bethli grad no einisch agsetzt het:

»Ja, das isch ds Princip vom Rousseau, das ha-n-i jitz währed der Gälsucht gläse-n-i Eune Büecher, wo Der hie gla heit. Und jitz weiß i, warum Dir mer vor em Hürate syt, das isch nume, will Dir's nid über Ech bringet, mi här z'gä. Dir weit mi für Euch bhalte.«

Jitz, wo-n-es merkt, wie der Papa verläge wird und truurig vor sech abeluegt und langsam der Chopf schüttlet, wird's dem Bethli o änger im Hals und, scho nümme so fescht, fahrt's wyter:

»I weiß ja, wie Der mi gärn heit, Papa, i gschpüre's; s' isch mer leid, Papa, daß i so gredt ha, s' isch mer leid; verzieht mer's.« Mit dene Worte het es sech sälber der Halt gnoh und fallt mit Schluchze-n-und Hüüle däm guete Papa um e Hals, und us sym grüsleche Schluchze-n-use het me chuum no verschtande: »aber i cha ja nüt derfür, daß i ne so gräßlech gärn ha, i mueß eifach. – Papa, Papa, es isch halt mys Glück, lent mi doch la gah! – Einisch müeße mer de doch usenand. – Papa, gället! – Begryfet Der de nid, Papa?«

Der Papa Vilbrecht het scho lang begriffe-n-und nume z'guet. Und er hett sech müeße säge, daß ds Bethli mit syr Anschuldigung der Nagel uf e Chopf troffe heig. Es het ihm je länger, deschto meh gruuset vor em Momänt, wo-n-er sys Bethli, sys einzig Chind, müeß härgä und het sech das doch nid sälber welle-n-ygschtah. Und bi Allem däm het er sech doch glägetlech verrate. Jitz isch der Schutz use gsi, und öppis anders als nahgä het ihm sy gsunde Verschtand verbotte.

Hübscheli het er sech us de-n-Arme vo sym Töchterli losgmacht, uf d'Mama gluegt und mit sym immänse rotsydige Naselumpe-n-afah d'Ouge-n-uswüsche. Natürlech het's d'Mama bi der Gschicht o gnoh und alli drü hei gschnützt und briegget. Will me keini Wort meh gfunde het, die der Situation ghulfe hätte, het me sech inschtinktiv Müntschi über Müntschi gä.

»Gället, Papa, Dir begryfet mi?« seit ändlech ds Bethli wieder und »ja nu, mer wei de luege,« antwortet der Papa.

Am Abe-n-isch er als gschlagene Ma i ds Oberried use gange und het probiert, sech Vernunft y z'rede.

D'Nachricht vo där Uschehrete-n-isch düre Houpme Lombach i chürzischter Zyt dem Ruedi zuecho. Das mal het's gheiße, ds Yse schmide, so lang es heiß isch. Am Pankratius-Tag het er sech uf d'Schtrümpf gmacht, het sech usebürschtet, so guet er nume chönne het und isch i ds Oberried. Der Herr Vilbrecht het ne fründlech epfange, aber vo Afang a la merke, daß ihm ds Härz schwär syg.

Widerschtand het er nümme gleischtet, wo der Ruedi i-n-aller Form und Höflechkeit um d'Hand vo syr Tochter aghalte het. Aber wo si z'säme vor em Kaminfüür gsässe sy – es isch geng no chalt gsi i de Hüser – het der Herr Vilbrecht no es paarmal i verlägene Pouse mit der Zange-n-i der Gluet umeguslet und dem Ruedi meh als einisch gseit: »I hoffe, Dir wärdet mys Vertroue würdige, vo wäge lueget, i gibe-n-Ech mys halbe Härz us em Lyb, i cha-n-Ech's nume säge. Das Meitschi isch my Sunneschyn, es hätt mer no bsunders wohl tha i myne-n-alte Tage. Aber i gönne-n-Ech's, i ha-n-Ech glehrt schätze.«

Er het dem Ruedi erloubt, ga Bärn yne z'fahre-n-und Mama und Tochter ga z'reiche.

Flugs isch der glücklech Freier sy char-à-banc ga fürenäh, het Alles pic-fein la putze, und nam Ässe-n-isch er i d'Schtadt gfahre. Der Brüünel isch schpiegelblank gschtriglet gsi und mit Haber i di ghörigi Feschtschtimmung versetzt worde.

Es isch e Prachts-Meietag gsi. Über de saftig grüene Matte, die vo Tuusete-n-und Tuusete vo schtrahlende Sönblueme sy verguldet gsi, hei höch am tiefblaue Himmel die bländig-wyße Wulke gschwäbt, und vor de blaue Bärgchettene hei sech wie Brutbouquets d'Chirsiböum i ihrer wunderbare Bluescht abghobe.

D'Säligkeit vom Brutpaar bi der Begrüeßung nach allne Nöte-n-und Sorge lat sech nit beschrybe. D'Freudigkeit het aber Alles elektrisiert, sogar der Brüünel. Dä het der ganz Wybermärit uf gjutzet hiiii-hihihihi. Der Ruedi het sälber gfüehrt und het di gröschti Freud gha, daß sys treue Tier d'Situation so guet begriffe het. Er het ihm Luft gla, bis ds Roß ussehär Wabere-n-i nes Galöppli übergange-n-isch. Schließlech het er's nümme möge bha, so daß es im rasende, schmätternde Galopp der düruus tschäderet isch. Z'letscht hei d'Mama und ds Bethli zetermordio gschroue, und d'Frou Vilbrecht het der Ruedi a de Chuttesäcke grisse für z'hinderha. Ersch bi'm Schteinibach het di Jagd e chly nahgla, und si hei no rächt aschtändig chönne-n-yränke bi'm Oberried.

Gäge-n-Abe-n-isch ds Brutpaar i Schteinibach gange, zur Mama Landorfer. Dem Bethli sys Vertroue-n-isch wo müglech no gwachse, wo-n-es gseh het, wie härzig sy Brütigam gäge sy Mama gsi isch. »Lue, myr härzige Mama verdankisch's,« het er zur Brut gseit, »daß i nie der Muet verlore ha. Du muesch jitz ihres Troschtschprüchli o no cho aluege.« Uud du het er ds Bethli use gfüehrt, i sy Schtube-n-und het ihm d'Inschrift am grüene Chachelofe zeigt: «L'amour sera plus fort que les principes.» Lang sy di glücksälige Möntschechinder am offene Fänschter gschtande-n-und hei i Garte-n-use gluegt, wo der guldig Abedsunneschyn uf si zrückgschtrahlet het. Näbe-n-a het der Lächema die erschti Grasig gmäit, und der chüel Abedluft het der früsch Duft vo de gschnittene Wälmli zum Fänschter ufetreit. O was isch das für ne-n-Abe gsi! Der Ruedi het sys Brütli oben-yne gnoh, het's a sys treue Härz drückt: »Bethli, mys Bethli, mys Bethli.«

Underdesse-n-isch der Herr Wyß im Oberried cho ne Visite mache, und, wo-n-er vernoh het, was gscheh syg, het er sech Alles la erzelle. Der Herr Vilbrecht het agfange sech luschtig mache-n-über sich sälber, und wo-n-er erzellt het, was ds Bethli währed der Gälsucht gschtudiert und wie's ne mit sym verehrte Rousseau gschlage heigi, het's der Herr Wyß gschüttlet vor Lache, und er het gseit: »Jä gäll, so geit's!«

Über tredition

Eigenes Buch veröffentlichen

tredition wurde 2006 in Hamburg gegründet und hat seither mehrere tausend Buchtitel veröffentlicht. Autoren veröffentlichen in wenigen leichten Schritten gedruckte Bücher, e-Books und audio-Books. tredition hat das Ziel, die beste und fairste Veröffentlichungsmöglichkeit für Autoren zu bieten.

tredition wurde mit der Erkenntnis gegründet, dass nur etwa jedes 200. bei Verlagen eingereichte Manuskript veröffentlicht wird. Dabei hat jedes Buch seinen Markt, also seine Leser. tredition sorgt dafür, dass für jedes Buch die Leserschaft auch erreicht wird.

Im einzigartigen Literatur-Netzwerk von tredition bieten zahlreiche Literatur-Partner (das sind Lektoren, Übersetzer, Hörbuchsprecher und Illustratoren) ihre Dienstleistung an, um Manuskripte zu verbessern oder die Vielfalt zu erhöhen. Autoren vereinbaren direkt mit den Literatur-Partnern die Konditionen ihrer Zusammenarbeit und partizipieren gemeinsam am Erfolg des Buches.

Das gesamte Verlagsprogramm von tredition ist bei allen stationären Buchhandlungen und Online-Buchhändlern wie z. B. Amazon erhältlich. e-Books stehen bei den führenden Online-Portalen (z. B. iBookstore von Apple oder Kindle von Amazon) zum Verkauf.

Einfach leicht ein Buch veröffentlichen: **www.tredition.de**

Eigene Buchreihe oder eigenen Verlag gründen

Seit 2009 bietet tredition sein Verlagskonzept auch als sogenanntes "White-Label" an. Das bedeutet, dass andere Unternehmen, Institutionen und Personen risikofrei und unkompliziert selbst zum Herausgeber von Büchern und Buchreihen unter eigener Marke werden können. tredition übernimmt dabei das komplette Herstellungs- und Distributionsrisiko.

Zahlreiche Zeitschriften-, Zeitungs- und Buchverlage, Universitäten, Forschungseinrichtungen u.v.m. nutzen diese Dienstleistung von tredition, um unter eigener Marke ohne Risiko Bücher zu verlegen.

Alle Informationen im Internet: **www.tredition.de/fuer-verlage**

tredition wurde mit mehreren Innovationspreisen ausgezeichnet, u. a. mit dem Webfuture Award und dem Innovationspreis der Buch Digitale.

tredition ist Mitglied im Börsenverein des Deutschen Buchhandels.

Dieses Werk elektronisch lesen

Dieses Werk ist Teil der Gutenberg-DE Edition DVD. Diese enthält das komplette Archiv des Projekt Gutenberg-DE. Die DVD ist im Internet erhältlich auf **http://gutenbergshop.abc.de**